तू प्यार है किसी और का

(कहानी संग्रह)

आरती प्रियदर्शिनी

Delhi-110089, India

प्रथम संस्करण : 2021
ISBN : 978-93-90889-23-5

मूल्य : 125/-

© सम्बंधित रचनाकार के अधीन
आवरण : ज्योति

तू प्यार है किसी और का
–आरती प्रियदर्शिनी

Tu Pyar Hai Kisi Aur Ka (kahani Sangrah)
-Arti Priyadarshni

Published by
PRA KHA R GOONJ PUBLICA TION
H-3/2, Sector-18, Rohini, Delhi-110089
Email : prakhargoonj@gmail.com
          sinha.neelu123@gmail.com
Ph. : 011-42635077, 7982710571, 7838505899
web : prakhargoonjpublications.com

मेरे स्व. दादाजी एवं दादीजी को सादर समर्पित

प्रस्तावना

कहते हैं कि जिस रिश्ते में कोई बंधन, कोई समझौता और कोई शर्त ना हो वही प्यार कहलाता है। प्यार एक ऐसा रसायन है जो आपकी अंतरात्मा में क्षमा, दया, समर्पण एवं त्याग के रूप में पल-पल घुलता रहता है और वह आपकी आत्मा को ज्यादा... और ज्यादा खूबसूरत बनाए रखता है।

कुछ ऐसे ही आत्मिक एहसासों को अपने आप में समेटे हुए हैं मेरी यह आठ कहानियां।

इन कहानियों में आपको प्रेम के कई रूप देखने को मिलेंगे। इन कहानियों में प्रेम पाने की अपेक्षा से ज्यादा अपना सर्वस्व समर्पित करने की उत्कंठा है।

क्योंकि मेरा यह मानना है कि जब प्यार में उम्मीद जगने लगती है तो वह रिश्ते का नाम ले लेता है और जब रिश्ते साकार होने लगते हैं तो वह बंधन बन जाता है और फिर बंधन प्यार को समाप्त कर देता है। मैंने अपनी सभी कहानियों में सिर्फ और सिर्फ प्यार के साथ न्याय करने की कोशिश की है। नायक-नायिका या कथानक के साथ न्याय हुआ या नहीं यह तो आप पाठकों को तय करना होगा।

आशा करती हूं कि मेरी इस पहले कहानी संग्रह 'तू प्यार है किसी और का' को आप सभी का भरपूर प्यार मिलेगा।

आरती प्रियदर्शिनी, गोरखपुर\
सह संपादक\
प्रखर गूँज प्रकाशन

अनुक्रमणिका

1 मैं हार गया   11

2 निःशब्द प्यार   16

3 जिंदा हूँ मैं   26

4 बस इतना ही संग था...   34

5 तू प्यार है किसी और का   36

6 पत्थर की पुजारिन   48

7 पागल हो तुम   56

8 मुझे माफ कर दो   65

मैं हार गया

'बधाई हो पंडिताइन! पोता हुआ है। बड़ा ही गोरा-चिट्टा है, बिल्कुल अपने बाप की तरह।'

'अरे! सच कह रही है तू...' नाईन ने कहा तो पंडिताइन खुशी से फूली न समाई।

'भगवान तेरा लाख-लाख शुक्र है...' पंडिताइन ने हाथ ऊपर उठाते हुए कहा।

'मेरे बेटे की यह आखिरी निशानी है, जो मेरा वंश बढ़ाएगा... वरना सात-सात लड़कियां... मैं तो बिल्कुल निराश हो चुकी थी' पंडिताइन ने नाईन के हाथ से बच्चे को लेते हुए कहा।

'इस बार तो पूरे हजार रुपए लूंगी नेग में' नाईन पुलक उठी

'हाँ... हाँ... ले लेना' पंडिताइन ने कहा और अपने पोते को चूमने लगी।

पंडिताइन अपने पोते की बलैया ले रही थी और उधर विमला अपनी बेटियों के भविष्य के बारे में सोच रही थी। इस जमाने में 8-8 बच्चों की परवरिश करना कोई मामूली बात नहीं होती है। और यहां तो आमदनी का कोई जरिया भी नहीं है। ले देकर कुछ जमीन है पर करने वाला तो जा चुका है, अपनी निशानी दे कर।

रूपा और दीपा के जन्म के बाद ही विमला ने बहुत कहा था अपने पति से कि उसे अब और बच्चा नहीं चाहिए। परंतु उसके पति और सास की तो बस यही रट थी कि एक वंश चलाने वाला पैदा हो। पति ने भी यही कहा कि 'बस एक बार देख लेते हैं' और वह दिन कभी ना आया। एक-एक करके 7 बेटियों ने उसके घर जन्म ले लिया और यह आठवां बेटा।

अगले महीने पंडिताइन ने अपने पोते का नामकरण संस्कार करवाया। नाम रखा दीपक। ऐसा जलसा हुआ कि गांव के लोग देखते रह गए।

अब तो विमला की सास की खुशियों का अंत नहीं था। वह दिनभर पोते की देखभाल में ही जुटी रहती। मानो वही उसकी मां हो। कभी नज़र उतारती कभी बलैया लेती। उन्हें अपनी पोतियों की ओर तो एक नज़र देखने भर की फुर्सत नहीं होती।

दीपक धीरे-धीरे बड़ा होता जा रहा था। बड़ा ही विचित्र लड़का था वह। अन्य हमउम्र बच्चों की तरह ना तो लड़ाई झगड़ा करता ना ही अधिक शोरगुल करता था। उसकी उम्र 12 वर्ष की थी जब विमला की सास ने आखिरी सांस ली। उस समय विमला की सबसे बड़ी बेटी रूपा की शादी हो चुकी थी। शादी तो बड़ी धूमधाम से हुई थी परंतु उसको एक खेत गिरवी रखना पड़ा था।

दादी की मौत के बाद दीपक और भी गुमसुम रहने लगा था पढ़ने में तो वह अव्वल था परंतु खेलकूद से उसे लगाव ना था। वह दिनभर या तो पढ़ता था या घर में ही कुछ करता, लेकिन बाहर नहीं जाता था।

विमला की बड़ी इच्छा थी कि दीपक पढ़ लिखकर बड़ा आदमी बने। इसलिए उसने अपनी बेटियों की पढ़ाई छुड़वा दी और सारी जमा-पूंजी दीपक पर लगा दिया। धीरे-धीरे सारे खेत बिक गए। किसी तरह दीपा और नेहा की भी शादी हो पाई। कर्ज भी काफी चढ़ गया था। बहुत मुश्किल से घर चल रहा था। कालेज की पढ़ाई पूरी करने के बाद दीपक मां और बहनों को लेकर शहर आ गया। वहां बिमला लोगों के घरों में काम करके घर का खर्च चलाने लगी।

दीपक भी नौकरी के लिए मारा-मारा फिर रहा था। मगर नौकरी तो जैसे उस से रूठ ही गई थी। वह अपने घर का अकेला जिम्मेदार पुरुष था। उसके ऊपर मां एवं बहनों की सारी आशाएं टिकी थी। कभी-कभी वह बहुत ही बेचैन हो जाता था। इसका कारण थी उसकी बहनें... वह समझ नहीं पा रहा था कि अपनी 4 बहनों की शादी के लिए वह कहां से पैसों का इंतजाम करेगा। बिना रिश्वत एवं सिफारिश के तो नौकरी भी मिलना मुश्किल था।

काफी मशक्कत के बाद उसे एक छोटे से दफ्तर में क्लर्क की नौकरी मिली। लेकिन पगार बहुत कम था। घर चलाना ही मुश्किल था, फिर वह पैसे कहां से बचाता। दीपक की बहनें अपने भाई का दर्द समझती थी। लेकिन वह इतनी पढ़ी-लिखी भी तो नहीं थी जो अपने भाई का हाथ बँटा सके। उधर दीपक ने ओवरटाइम करना शुरू कर दिया, जिससे उसकी सेहत बिगड़ती जा रही थी। परंतु उसे अपनी सेहत की कोई फिक्र नहीं थी। वह तो बस किसी तरह पैसा इकट्ठा करना चाहता था।

वह जहां कहीं भी शादी की बात चलाता तो दहेज आड़े आ जाता। अगर कोई दहेज नहीं लेता था तो उसकी मांग थी एक पढ़ी-लिखी और नौकरी शुदा पत्नी की।

उसी के दफ्तर में अनीता भी काम करती थी। वह भी एक मध्यमवर्गीय परिवार की लड़की थी, जो घर के खर्च में अपने पिता का हाथ बटाती थी। अनीता दीपक से बात करना चाहती थी, परंतु वह तो बस अपने काम से काम रखता था। बस कभी एक दो औपचारिक बातें हो जाया करती थी उन दोनों के बीच में। एक दिन दीपक को बहुत परेशान देखकर अनीता उसके टेबल के पास चली गई –'बड़े उदास दिख रहे हो? कोई परेशानी है क्या?'

'नहीं... नहीं, ऐसी कोई बात नहीं है...' –दीपक ने टालते हुए कहा।

'कुछ बात तो जरुर है य वरना हर समय कोई इतना उदास नहीं रहता है। मुझसे कहो, अगर कुछ बन पड़ेगा तो मैं मदद करने की कोशिश करूंगी।'

अनीता ने अपनापन जताया।

इतनी आत्मीयता पाकर दीपक भावुक हो उठा और उसने सब कुछ बयान कर दिया।

'दीपक तुम इस दुनिया में अकेले नौजवान नहीं हो जो इस दुख को झेल रहे हो। हमारा देश भले ही कितनी भी तरक्की क्यों न कर जाए, लेकिन समाज की खोखली एवं दकियानुसी रिवाजों को नहीं बदल सकती।'

अनीता अपनी हीं रौ में बोले जा रही थी। उसके हाव भाव से समाज के प्रति उसका रोष साफ झलक रहा था।

'आज भी हर जगह लड़के लड़की में भेदभाव किया जाता है। एक लड़के की चाह में जाने कितनी लड़कियों की जिंदगी मां बाप बर्बाद कर डालते हैं। और उसके बाद जिसे वह कुल का दीपक कहते हैं उसे सिर्फ दूसरों की खातिर जलने के लिए छोड़ देते हैं। फिर उसकी सारी उम्र गुजर जाती है दूसरों की खुशियां तलाशते तलाशते... जिन्हें इस देश का भविष्य कहा जाता है वह अपने ही उलझन में उलझ कर रह जाता है।'

'सॉरी... मैं बहुत भावुक हो गई थी इसलिए कुछ ज्यादा ही बोल गई।'

'नहीं, ऐसी बात नहीं है। तुम पहली लड़की हो, जिसने मेरे दर्द को समझा है। आज मुझे तुम्हारे रूप में एक अच्छी

दोस्त मिल गई है।' दीपक ने अनीता का हाथ अपने हाथ में लेते हुए कहा।

अब वह हर सुख दुख अनीता के साथ बांटने लगा, और अनीता भी उसे हर संभव मदद करने की कोशिश करती थी। साथ ही उसका हौसला भी बढ़ाती थी। शायद यही कारण था कि उसने एक साल में ही तीन बहनों की शादी कर डाली। हाँ, इसके लिए उसे दफ्तर से कुछ कर्ज लेना पड़ा और मां के बचे खुचे गहने भी बेचने पड़े। अब एक बहन की शादी करना बाकी था। उसकी उम्र भी शादी योग्य हो चुकी थी परंतु फिर भी एक-दो साल तक इंतजार किया जा सकता था। और तब तक कुछ इंतजाम भी हो जाता, यही सोचकर दीपक कुछ संतुष्ट था।

अनीता भी खुश थी। आज वह दीपक के होंठों पर मुस्कुराहट देख रही थी। उसे अपनी दिल की बात कहने का यह अच्छा मौका मिल गया था। वह दीपक से प्यार करने लगी थी, और उससे शादी करना चाहती थी। यह बात वह कई दिनों से बताना चाह रही थी मगर...

आज अनीता ने बिना कोई भूमिका बांधे दीपक को बता दिया कि वह उससे बहुत प्यार करती हैं और शादी करना चाहती हैं। दीपक सकते में आ गया... सच तो यह था कि दीपक भी अनीता को चाहता था, लेकिन वह शादी करके अपनी जिम्मेदारियां नहीं बढ़ाना चाहता था। इसलिए उसने वादा किया कि अपनी बहन की शादी करने के तुरंत बाद वह अनीता से शादी करेगा। उसे सिर्फ दो-तीन साल की मोहलत चाहिए।

अनीता ने एक सहर्ष स्वीकृति दे दी। जहां इतने दिन इंतजार किया वहां कुछ समय और सही।

समय बीतता जा रहा था बहन की शादी के लिए दीपक ने कुछ पैसे जोड़ भी रखे थे परंतु मां की अकस्मात मृत्यु और क्रिया कर्म में काफी खर्च हो गए। दीपक घर की परेशानियों में बुरी तरह उलझ गया। मां की मृत्यु के बाद वह और भी अकेला हो गया। छोटी बहन की शादी के लिए उसके बाद बाकी बचे हुए पैसे दहेज के लोभी वाले समाज में ऊंट के मुंह में जीरा वाली कहावत को चरितार्थ कर रहे थे। दफ्तर से लिया गया पिछला कर्ज अभी चुकाया नहीं था, इसलिए और कर्ज मिलने की कोई गुंजाइश ही नहीं थी। इसी बीच अनीता ने भी कई बार कह दिया था कि उसके बाबूजी दूसरी जगह उसका रिश्ता तय कर रहे हैं। आखिर कब तक इंतजार करते हैं वह दीपक

का। बेचारी अनीता, चाहकर भी कुछ नहीं कर पा रही थी।

एक दिन सुबह सुबह अनीता दीपक के घर आई... अपनी शादी का कार्ड लेकर। अनीता ने बहुत बुरा भला कहा दीपक को... कुछ देर तक रोती रही, लेकिन दीपक बुत बना हुआ सिर्फ सुनता रहा, और अनीता चली गई।

वह तो अनीता से यह भी नहीं बता सका कि उसकी बहन की शादी तय हो गई है। और वह उसके कल होकर ही मंदिर में अनीता से शादी करना चाहता था। यह खुशखबरी लेकर शाम को वह अनीता के घर जाने ही वाला था कि...

'शादी मुबारक हो अनीता... अच्छा किया जो तुमने अपने पिताजी की बात मान ली। वरना मैं तुमसे शादी करके भी तुम्हें कोई सुख नहीं दे पाता। अब तो घर भी बिक गया। रहने तक का ठिकाना नहीं रहा।' दीपक अकेला ही बुदबुदाता रह गया।

जिस दिन अनीता की शादी थी उस से एक दिन पहले ही दीपक की बहन की शादी थी इसलिए वह अनीता की शादी पर ना जा सका हो। पर हां, जिस वक्त अनीता की डोली उठाई जा रही थी। उधर दीपक की अर्थी सजाई जा रही थी... क्योंकि दीपक ने आज गले में फंदा डालकर आत्महत्या कर ली थी। उसके जीने का मकसद जो पूरा हो गया था।

निःशब्द प्यार

बात उन दिनों की है जब हमारे हाथों में मोबाइल नया नया हीं आया था। तब हमें फोन करने और मैसेज करने में आश्चर्यजनक आनंद का अनुभव होता था। ब्लैंक एंड व्हाइट मोबाइल भी हमें सपनों की रंगीन दुनिया में ले जाता था। मोबाइल की इसी रंगीन दुनिया में मेरे एक मित्र के निःशब्द प्यार की भी अनोखी दास्तान सांसे लेने लगी थी।

मेरा दोस्त अभिजीत एक ऐसा लड़का था जो सीरियस होना क्या होता है जानता ही नहीं था। गर्लफ्रेंड्स तो वह कपड़ों की तरह बदलता था। आजकल रौंग नंबर लगाकर लोगों को परेशान करना उसका सबसे मनपसंद काम था। एक बार ऐसे ही एक नंबर ऐसा लग गया जिसकी मासूम आवाज ने उसके दिल को छलनी कर दिया।

अभिजीत ने अपने पुराने अंदाज में कहा–'मैं आपसे दोस्ती करना चाहता हूं'

'मैं आपको नहीं पहचानती' –उस लड़की ने कहा।

'मैं बी टेक कर रहा हूं। मेरा नाम अभिजीत मिश्रा है। अब तो आप मुझे पहचान गईं हैं। दोस्ती करेंगी मुझसे...?' अभिजीत को अपने आप पर पूरा कॉन्फिडेंस था।

तभी लड़की की खिलखिलाहट सुनाई दी, और अभिजीत का कॉन्फिडेंस चकनाचूर हो गया।

'हंसने का कारण जान सकता हूं' –अभिजीत ने चिढ़ कर पूछा।

'तुम अभी बच्चे हो अभिजीत... मैं 40 वर्ष की एक औरत हूं, और मेरे तीन बच्चे हैं। बोलो करोगे दोस्ती...?'

'सॉरी मैम' –अभिजीत सिर्फ इतना ही बोल पाया।

मैंने इससे पहले कभी उसका इतना सफेद चेहरा नहीं देखा था। उसने उसी समय ना सिर्फ फोन काट दिया बल्कि अपना मोबाइल भी ऑफ करके रख दिया। लेकिन अभिजीत ना तो उसकी आवाज भूल पाया था ना उसकी हंसी।

3 दिन बाद अभिजीत ने एक बार फिर उसे मैसेज किया। उधर से जवाब आया।

'हु आर यू? प्लीज सेंड मी योर नेम..'

'अभिजीत, योर फ्रेंड...' –अभिजीत ने डरते-डरते जवाब सेंड कर दिया।

'मेरा नाम अनुपमा है। हम पटना विमेंस कालेज में स्नातक प्रथम वर्ष में पढ़ते हैं। यहां अपनी दीदी के यहां आए हैं। सॉरी, उस दिन हम आपसे सब झूठ बोले थे। हम सचमुच आपसे दोस्ती करना चाहते हैं।' –उधर से आवाज आया।

और फिर धीरे-धीरे दोनों की दोस्ती की गाड़ी प्यार की पटरी पर आ गई। एक महीना हो चुका था पर दोनों ने एक दूसरे को देखा तक नहीं था। अनुपमा एक पारंपरिक परिवार की लड़की थी। वह अकेली घर से नहीं निकलती थी। उन दोनों का यह प्यार मेरी समझ से परे था। हर दूसरे दिन वे लड़ते और शाम को रो-धो कर कर एक हो जाते थे।

अभिजीत जो कभी लड़कियों के पीछे भागता था उसे आज एक मोबाइल को सीने से लगाए देखकर पूरा कालेज आश्चर्य करता था। अभिजीत मुझे अपनी अनु के बारे में सारी बातें बताता था। अनु अपने घर में सबसे छोटी थी। जिस दिन वह पैदा हुई थी उसी दिन उसकी मां की मृत्यु हो गई थी। और शायद इसीलिए घर के सारे लोग उससे नफरत करते थे। खासकर उसके पिताजी और उसका भाई। चप्पल जूते से मार खाना और गाली सुनना तो जैसे उसकी आदत बन गई थी। अनु का कहना था कि अभि ही एकमात्र ऐसा इंसान है जिसने उस से प्यार किया है। अगर अभि भूल भी जाए तो अनु अपने अभि को कभी नहीं भूलना चाहेगी।

घंटों तक दोनों मैसेज से बातें करते रहते थे। अनु को कभी गुस्सा नहीं आता था, लेकिन अभिजीत का गुस्सा तो जैसे उसकी नाक पर ही रहता था। अनु के खाए बिना अभिजीत खाना नहीं खाता था और अभिजीत के कहे बिना अनु नहीं खाती थी। अनु वेजिटेरियन थी, इसलिए अभिजीत ने भी नॉनवेज खाना छोड़ दिया। कई बार तो दोनों मोबाइल पर एक दूसरे को गाना सुनाया करते थे। अभिजीत का सिटी बजाकर गाना गाना अनु को अच्छा लगता था, और अभिजीत उसे गाना गा कर सुनाया करता था। अभिजीत मुझे सारे मैसेज पढ़ाया करता था। मुझे तो दोनों पागल प्रेमी पर हंसी भी आती थी, और तरस भी आता था, उनकी बेचारगी पर। आश्चर्य होता था कि एक ही शहर मे रहते हुए भी बिना देखे, बिना मिले कोई लड़का या लड़की एक दूसरे को इतना प्यार कैसे कर सकते थे। उनके मैसेज के एक-एक शब्द मे मुझे उनके दिल की आवाज सुनाई देती थी।

उनकी खुशी उनके, आंसू सब मुझे उस में नज़र आता
था। कभी-कभी मेरी आंखों में भी आंसू आ जाते तो कभी
होंटों पर हंसी।

'अभि...'

'बोलो अनु, क्या है...'

'गुस्सा हो हमसे...?'

'नहीं'

'उदास हो.?'

'नहीं'

'मुझे तुम्हारी याद आ रही है अनु'

'............'

'जवाब दो ना अभि'

'अनु मुझे रोना आ रहा है'

'क्यों?'

'मैं तुमसे मिलना चाहता हूं'

'यह असंभव है'

'तुम अपने दीदी के घर का पता बता दो मैं एक बार
तुम्हें देख लूंगा बस'

'नहीं अभि, तुम मुसीबत में पड़ जाओगे'

'क्या तुम मुझसे मिलना नहीं चाहती अनु...?'

'प्यार करते हैं, तुम्हें दुख नहीं दे सकते अभि।'

'सिर्फ मेरे सवाल का जवाब दो अनु'

'हमे देखे बिना मुझसे प्यार नहीं कर पाओगे क्या?'

'तुम्हें मेरे प्यार पर शक है ना .?'

'अगर हम तुम्हें अच्छी ना लगी तो अभि...?'

'और अगर मैं तुम्हें अच्छा नहीं लगा तो क्या करोगी
अनु..?'

'अगर मेरी आंखों ने तुम्हें पसंद करने से इनकार कर
दिया तो हम गांधारी की तरह उन पर पट्टी बांध देंगे'

'मुझसे कितना प्यार करती हो अनु... ?'

'जितना मछली पानी से करती है अभि...'

'मुझे अपनी बाहों में ले लो ना...'

ऐसे ही पता नहीं कितनी ही बातें दोनों हर रोज किया
करते थे।

एक दिन रात के 2:00 बजे अभिजीत ने मुझे फोन
किया। रोते-रोते उसने बताया कि अभी अभी अनु का मैसेज

आया था कि दीदी ने उसका मोबाइल लेकर पढ़ लिया है और उनके प्यार के बारे में जान गई है। मोबाइल छीनकर अलमारी में रख दिया। और घर पर फोन करके भाई को भी बुला लिया है। रात को चुपके से मोबाइल निकाल कर उसने मैसेज किया है। कल क्या होगा पता नहीं।

सुबह जब मैं उसके घर गया तो अभिजीत की आंखें सूजी हुई थी। तब से रो ही रहा था शायद।

'मैं अनु के बिना नहीं रह सकता' –अभिजीत मुझसे लिपटकर बच्चों की तरह भी बिलखने लगा।

'कुछ भी नहीं होगा उसे ..तुम चिंता मत करो।' –दिलासा देने के अलावा मैं कर भी क्या सकता था।

उसके घर का पता भी तो नहीं मालूम था हमें। मैं अभिजीत को अपने घर ले आया। अनु का मोबाइल बंद था। दिन भर हम दोनों उसके फोन का इंतजार करते रहे। अभिजीत की हालत पागलों जैसी हो गई थी।

'अगर मुझे अनु नहीं मिली तो मैं आत्महत्या कर लूंगा' –अभिजीत की हालत मुझसे देखी नहीं जा रही थी।

दूसरे दिन मैं उसे जबरदस्ती कालेज लेकर गया वहां भी उसका मन नहीं लग रहा था बार-बार मोबाइल देखता था और बुदबुदाता था–

'प्लीज अनु... एक बार, कहीं से भी कॉल करो।'

दोपहर में उसके मोबाइल पर एक अनजान नंबर से कॉल आया।

'–हम अनुपमा हैं अभि... प्लीज कॉल बैक करो।' –और फोन कट गया।

मैं और अभिजीत दोनों चौंक गए। तुरंत क्लास रूम से बाहर निकले, और उसी नंबर पर कॉल बैक किया। फोन पर अनुपमा रो रही थी। अभिजीत भी रोने लगा। पहले तो मैंने दोनों को चुप कराया फिर बातें करने को कहा। अनुपमा ने जो कहा वह एक आम इंसान के दिल को दहला देने के लिए काफी था।

'अभि... भाई ने हमें बहुत मारा। मेरा हाथ... अभि...' आगे के शब्द सिसकियों में दब गए।

'तुम्हारे हाथ को क्या हुआ अनु...'

'अभि, भाई ने मेरा हाथ कुचल छिया है, जूतों से... बहुत मुश्किल से हम तुम्हें कॉल कर पा रहे हैं, बड़ी मम्मी

के मोबाइल से। हम पटना जा रहे हैं अभी रास्ते में हैं। बड़ी मम्मी, भाई और ड्राइवर खाने के लिए नीचे उतरे हैं। हमें गाड़ी में लॉक कर दिया है... मेरा मोबाइल भी ड्राइवर को दे दिया है। पहले तो अभिजीत ने उसके भाई को सैकड़ों गालियां दी, फिर अनु को दिलासा दिलाया। मैंने भी अनु को समझाया कि-

'तुम अपने घर जाओ घरवाले जैसा कहें वैसा करो। सब सब कुछ ठीक हो जाए तभी कहीं से फोन करना। अभिजीत तुमसे प्यार करता है, और हमेशा करता रहेगा।'

'...अच्छा अब मैं फोन रखती हूं। हाथ में बहुत दर्द है। नंबर डिलीट करने और मोबाइल पर्स में रखने में बहुत समय लगेगा। कहीं कोई आ ना जाए...'

बाद में अभिजीत ने ही मुझे बताया कि अनु ने ड्राइवर को अपने कान के बाली देकर अपना मोबाइल उससे मांग लिया। अनु का सिम कार्ड उत्तर प्रदेश का था। इसलिए अब अभिजीत ही उसका मोबाइल रिचार्ज करवाने लगा रोमिंग में होने की वजह से हमेशा अनु कॉल बैक करती थी। हाथ में दर्द होने की वजह से अनु मैसेज नहीं कर पा रही थी। मगर तीसरे दिन से उसने ब्लैंक मैसेज करना शुरू कर दिया।

शायद यही प्यार था। क्योंकि अभिजीत अनुपमा के मैसेज में भी उसके दिल की बातों को समझ लेता था। सच ही कहा है किसी ने कि... प्यार के समंदर में जितना डूबोगे वो उतना ही गहरा होता चला जाएगा। प्यार की अथाह गहराइयों से निकलना नामुमकिन है।

फिर एक दिन अभिजीत ने सुबह-सुबह आकर अपना मोबाइल दिया मुझे पढ़ने के लिए। मैसेज पढ़ने के बाद मेरी आंखें फटी की फटी रह गईं। मैं जो कुछ भी पढ़ रहा था वह मेरे लिए अकल्पनीय था। उस दिन शायद अनु के पिताजी ने उसे बहुत डांटा था। वह बहुत परेशान थी।

'अभि...'

'बोलो जानू...'

'अपनी जानू को इस नरक से निकालो अभि...'

'बस कुछ साल इंतजार कर लो अनु'

'तुम मुझसे शादी करोगे ना अभि..?'

'हां अनु, मैं तुमसे शादी करना चाहता हूं बस एक बार पढ़ाई पूरी कर के तुम्हारे काबिल बन जाउं...'

'तुम चाहो तो मै आज ही तुमसे शादी कर लूं...'

'तो जाओ भर लो मेरे नाम का सिंदूर अपनी मांग में...'

'चाहूं तो ऐसा कर सकती हूं मैं... लेकिन घरवालों से डरती हूं।'

'मैंने था कहा ना, कहना आसान है मगर कर नहीं पाओगी तुम...'

'...........'

'जवाब दो ना...'

'...........'

'घबराओ मत अनु... मैं तो ऐसे ही कह रहा था। कोई बात नहीं यार...'

'लेकिन मैं ऐसे ही नहीं कह रही थी अभि। मैं पूजा का सिंदूर लाने गई थी।'

'क्या...'

'चलो छत पर जाओ। मैं भी जा रही हूं।'

'बोलो अनु मैं छत पर हूं'

'अभि... आज गणेश चतुर्थी है। चांद को देखो।'

'मैं देख रहा हूं अनु...'

'मैं आज उसी चांद को साक्षी मानकर तुम्हारे नाम का सिंदूर अपनी मांग में भर रही हूं...'

ओह्ह... अनु... आई लव यू...'

'आई लव यू टू अभि...'

'आज से मैं अनुपमा अभिजीत मिश्रा हो गई हूं। आज से हम दोनों पति पत्नी हैं। और आज की रात हमारी सुहागरात है अभि...'

'अनु यह सब सपना लग रहा है मुझे, भी एक बार बात करोगी?'

और फिर सारी रात दोनों ने मोबाइल पर बातें करते हुए ही अपनी सुहागरात मनाई।

मैंने अभिजीत को शादी की बधाई दी तो वह रो पड़ा–

'मैं अनु के बिना जी नहीं सकता यार... अब अगर वो मुझे वह नहीं मिली तो मैं पागल हो जाऊंगा।'

मगर ईश्वर की मर्जी के आगे किसकी चली है। हम इंसानों की भावनाओं के साथ खेलना तो भगवान की पुरानी आदत है।

एक दुर्घटना हुई अभिजीत की जिंदगी में, जिससे इस कहानी का रुख ही बदल गया बाइक से हुए एक्सीडेंट में अभिजीत का एक पैर हमेशा के लिए लकवाग्रस्त हो गया। उसे बैसाखी का सहारा लेना पड़ा। लेकिन इससे भी बड़ी दुर्घटना यह थी कि अभिजीत ने अनुपमा हो कुछ भी नही, न हीं मुझे बताने दिया। साधारण दुर्घटना कह कर उससे हर रोज बातें करता रहा।

इंसान जब किसी से प्यार करता है तो उसे खुद से ज्यादा अपने चाहने वाले की चिंता होने लगती है। अपने मरने का दुख तो वह सह लेता है परंतु अपने मरने के बाद होने वाली साथी की परेशानी को सोच कर ही इंसान मौत से डर जाता है। रात दिन अभिजीत बस यही सोचता था कि एक अपाहिज के साथ अनुपमा अपनी जिंदगी कैसे जियेगी? और अगर अनुपमा नहीं मिली तो वह कैसे जीएगा? अभिजीत की एक ख्वाहिश थी, अनुपमा को एक बार देखने की। अनुपमा को देखे बगैर वह मरना भी नहीं चाहता था। शायद अनुपमा से मिलने की दृढ़इच्छा शक्ति ने हीं अभिजीत को इतने बड़े दुर्घटना से बचा लिया। अभिजीत ने अपनी जिंदगी की कशमकश से निकलने के लिए एक उपाय सोचा। उसने अनुपमा को फोन करके सारी सच्चाई बता दी। दोनों इतना रोने लगे कि फोन पर बात करना मुश्किल हो गया और फिर चलने लगा मैसेज का आखरी सिलसिला...

'अनु मुझे भूल जाओ, किसी अच्छे लड़के से शादी कर लो।'

'मैं तुम्हें भूल जाऊं तो, तुम्हारा पैर ठीक हो जाएगा अभि..?'

'नहीं ..लेकिन मेरी मौत आसान हो जाएगी।'

'अभि, तुमने साथ जीने का वादा किया है।'

'भूल जाओ सब कुछ'

'असंभव है...'

'तुम्हें मेरी कसम है... अगर दिल से तुमने मुझे अपना पति माना है तो मुझे भूल जाओ'

'यह तुमने क्या कह दिया है अभि... तो क्या कभी मुझसे बात भी नहीं करोगे.?'

'नहीं..'

'कभी मैसेज भी नहीं करोगे...?'

'नहीं...'

'एक बात कहूं, मानोगे... अभि...?'

'ठीक है... कहो, मगर आखरी बार...'
'तुम अपना मोबाइल नंबर कभी मत बदलना...'
'क्यों?'
'कहा ना... मत बदलना बस...'
'ठीक है, नही बदलूंगा'
'थैंक्स'
'तुम भी मेरी एक बात मानोगी...? मैं एक बार तुम्हें देखना चाहता हूं। क्योंकि मुझे लगता है कि तुम्हें देखे बगैर मैं मर भी नहीं पाऊंगा'
'सच अभि...'
'हां...'
'तो जाओ... तो जाओ अभि... ये अनुपमा तुम्हें अपना चेहरा कभी नहीं दिखाएगी।'
'अनु तुम यह क्या कह रही हो..?'
'हां अभि... क्योंकि मैं चाहती हूं कि तुम जियो, मेरे बगैर और जो सजा तुमने मुझे दी है वहीं सजा तुम ही भुगतो'
'अनु मुझे यह सजा मत दो...'
'सुनो अभि... आज के बाद मैं तुमसे कभी बात नहीं करूंगी, मैसेज भी नहीं करूंगी। तुमने अपनी कसम दी है इसलिए शादी भी नहीं करूंगी। मेरा चेहरा तुम कभी देख नहीं पाओगे।'
'प्लीज... ऐसा मत कहो'
'मैं अपना मोबाइल स्विच ऑफ करने जा रही हूं हमेशा हमेशा के लिए... अलविदा...'

अभिजीत ने जब यह सब कुछ मुझे बताया तो मैं स्तब्ध रह गया। मेरे पास उससे कहने के लिए शब्द नहीं थे। और फिर उसके बाद हमारे बीच की ये खामोशी बढ़ती चली गई। मैंने अनुपमा के बारे में कुछ भी बात करना छोड़ दिया। अभिजीत ने भी अपने आप को किताबों में रमा लिया। शायद इसलिए भी कि कभी अनुपमा अपने अभि को एक इंजीनियर के रूप मे देखना चाहती थी। अभिजीत की हालत देख कर पहली बार मुझे यह एहसास हुआ कि एक सच्चा प्यार करने वाला अपने प्रेमी के बगैर न हीं जी सकता है ना ही मर सकता है। लेकिन यह वक्त... यह बड़ा निर्दयी होता है। इस पर किसी की भावनाओं का कोई असर नहीं होता। यह तो बस अपनी गति से चलता रहता है। आखिर वह वक्त भी आ गया जब अभिजीत इंजीनियर बन गया। मैंने सुना तो बधाई देने उसके घर गया।

'बधाई हो यार! तेरा सपना पूरा हो गया।' –मैंने उसे गले से लगा लिया।

'जिसका सपना पूरा हुआ उसे तो पता भी नहीं है यार...' अभिजीत की आंखों में बेचारगी के आंसू आ गए।

तभी अभिजीत का मोबाइल बजा... अभिजीत ने कॉल रिसीव किया मगर उधर से कोई आवाज नहीं आई। 2 मिनट तक हेलो... हेलो करने के बाद अभिजीत ने फोन काट दिया।

'पता नहीं कौन है... कल रात से परेशान कर रखा है। कुछ बोलता ही नहीं।' –अभिजीत ने मोबाइल स्विच ऑफ करते हुए कहा।

'अरे होगी कोई, तेरे आवाज की दीवानी...' मैंने माहौल को हल्का बनाना चाहा।

'ऊँ... हे... मेरे आवाज के दीवानी...' उसने लापरवाही से कहा।

'यार तुम सही कह रहे हो...' अगले ही पल अभिजीत की आंखों में चमक आ गई।

'मेरे आवाज की दीवानी सिर्फ एक ही इंसान हो सकती है... और वह है, अनु...। हाँ, अनु ही थी... आई थिंक... नहीं... नहीं आई एम श्योर... वो अनु ही थी। आज मुझे समझ आया कि उसने मुझे अपना नंबर बदलने से क्यों मना किया था।'

अभिजीत की हालत अब पागलों जैसी हो रही थी मुझे उस पर तरस आ रहा था। 'अपने आप को संभाल अभिजीत' मैंने उसे समझाना चाहा, मगर उससे पहले वह उसका नंबर डायल कर चुका था। फोन रिसीव हुआ मगर फिर वही खामोशी मैं जानता हूं तुम अनु ही हो, मगर मैंने तुम्हें कसम दी है इसलिए तुम नहीं बात कर रही हो मुझसे... अभिजीत बिना सोचे समझे उस से बातें करने लगा।

'अनु आज मैं इंजीनियर बन गया हूं। मैंने तुम्हारा सपना पूरा कर दिया। प्लीज अनु मुझसे बातें करो। हां या ना कुछ भी तो कहो... मुझे पूरा विश्वास है कि तुम अनु ही हो बस एक बार तुम हां कह दो।' अभिजीत दीवानों की तरह बोलता रहा, और रोता रहा। इतने सालों का सारा दर्द उसने उस खामोशी के आगे बयान कर दिया। पूरा 30 मिनट बीत गया मगर, खामोशी नहीं टूटी...।

अंत में अभिजीत ने कहा कि अगर तुम मेरी अन्नू हो तो ठीक 8:30 पर खाना खा कर मुझे फोन करना बरसो बाद

आज मैं तुम्हारे खाने के बाद खाऊंगा। इतना कहकर अभिजीत ने कॉल डिसकनेक्ट कर दिया। मैंने अभिजीत को गले से लगा लिया। मेरे समझ में नहीं आ रहा था कि मैं उसे क्या कहूं।

हे भगवान! यह कैसी परीक्षा है... दो प्यार करने वालों के बीच तू इतनी दूरियां क्यों पैदा कर देता है, कि वह नदी के दो किनारे बनने पर मजबूर हो जाते हैं।

8:30 बजने वाले थे अभिजीत की नज़रें मोबाइल पर ही टिकी थी। उसका चेहरा शांत था। एक विश्वास था, उसकी आंखों में। मगर मेरा दिल जोरों से धड़क रहा था। अगर फोन नहीं आया तो, अभिजीत फिर से टूट जाएगा।

तभी रिंगटोन बजा... और अभिजीत ने कॉल रिसीव करने में देर नहीं की।

'अनु तुमने खाना खाकर ही मुझे फोन किया है ना... मुझे पता है, तुम मुझसे झूठ नहीं बोल सकती। ठीक है अनु खाना खाकर मैं तुम्हें कॉल करता हूं।'

एक साल बीत चुके हैं, आज भी ना तो अनुपमा के फोन करने का सिलसिला टूटा है, और ना ही उसकी खामोशी। अभिजीत उसकी आवाज सुने बिना भी उसे उतना ही प्यार करता है जितना कि बिन देखे करता था।

एक बार मैंने उससे कहा भी कि, मैं उससे बात करता हूं... तू उसकी आवाज सुन लेना... क्योंकि कसम तूने दी है, मैंने तो नहीं।

लेकिन अभिजीत ने मुझे रोक दिया और कहा –'जाने दे यार! तेरा चेहरा देखना चाहा तो यह सजा मिली है। अब अगर उसकी आवाज सुनने की कोशिश की तो पता नहीं क्या होगा। मुझे उसकी सांसें सुनाई देती है... उसकी धड़कन सुनाई देती है... और मेरे लिए यही बहुत है...'

मैं समझ चुका था कि यह निःशब्द प्यार है जिसे निभाने के लिए ना तो किसी बंधन की जरूरत होती है और ना ही शब्दों की... सांसों की डोर ही काफी है एक दूसरे से बंधने के लिए... और धड़कने एक दूसरे को समझने के लिए...

काश कि उनकी सांसों की यह डोर टूटने से पहले वे दोनों एक दूसरे को देख सकें।

जिंदा हूँ मैं

जाड़े की सुबह हो और चाय ना मिले तो बड़ा दुख होता है, और अगर यह चाय स्वयं बनाकर पीनी पड़े तो यह दुख हजार गुना बढ़ जाता है। लेकिन कर भी क्या सकता था। दो-तीन दिनों से काम वाली भी नहीं आ रही है। इसलिए सुबह उठते ही निशा साफ-सफाई के कामों में लग जाती है। अब ऐसे में वह दो कप चाय भी ना बना पाए तो भला पति होने का क्या फायदा?

मैंने अधखुली आंखों से हीं दो कप चाय बनाया, और निशा की चाय रसोई में छोड़ कर खुद हीटर के पास बैठकर चाय पीने लगा। मैं निशा को चाय के लिए आवाज देने ही वाला था कि, दरवाजे की घंटी बजी। निशा ने लपककर दरवाजा खोला। उसका अनुमान सही निकला, दरवाजे पर काम वाली माया ही खड़ी थी।

'कहां थी तुम...? बिना बताए इतने दिनों...' निशा की आवाज धीमी पड़ती देख मैं दरवाजे की तरफ पलटा तो देखा कि माया के पीछे एक और महिला थी, जो एक पुराने मटमैले शाल में पूरी तरह लिपटी हुई थी।

'दीदी हम पान-छौ महीना काम नाइ कर पाईब... हमार बेटी पेट से बा...। यही खातिर हम गाँव जात हई... जब तक हम नाइ आईब, तब तक ई मंजूआ आपके घर के काम करी... ए... मंजूआ... गोड़ लाग... ई हमार दीदी बाटिं...' माया ने उस लड़की की तरफ इशारा करते हुए कहा।

'चलो कोई बात नहीं है... मगर तुमने इसे सारा काम तो समझा दिया है ना...' हमेशा सबसे तर्क वितर्क करने वाली निशा ने माया से कोई तर्क नहीं किया। क्योंकि वह एक औरत थी और बकौल निशा एक औरत का दुख दर्द उस से बेहतर कोई समझ ही नहीं सकता था।

'...अच्छा दीदी अब्बे हम जात हई... बेर डूबे से पहिले गांव पहुंचने के बा... बड़ी जाड़ा होअ ता एसो...' माया बड़बड़ाते हुए उठ गई।

'ठीक है माया तुम जाओ... मैं इसे रसोई का काम दिखला देती हूं। चलो मंजू... यही नाम है ना तुम्हारा...'

मैं भले ही आंख बंद करके चाय पी रहा था, परंतु मेरे

दोनों कान इन लोगों की बातों पर ही लगे हुए थे। मैं तो बस यही चाहता था कि कितनी जल्दी कामवाली आकर सारा काम संभाल ले ताकि, मैं निशा के रोज-रोज के स्त्री मुक्ति और स्त्री पुरुष समानता के लेक्चर से निजात पा सकूं। मगर तभी निशा के मुंह से मंजू का नाम सुनकर मेरे कान खड़े हो गए। मैंने उसकी तरफ देखा, लेकिन तब तक वह रसोई में जा चुकी थी।

मंजू... मंजू..., यह नाम तो कभी मेरे होंटों की आवाज हुआ करती थी। मगर अभी मैं सिर्फ बुदबुदा सकता था। तो क्या यह वही मंजू है...! नहीं... नहीं वह नहीं हो सकती। वह तो मर चुकी है। और वैसे भी मंजू नाम तो हजारों लड़कियों के होते हैं। उसका नाम तो मंजुला था। बस मैं ही उसे मंजू कह कर बुलाता था।

बचपन में मैं जब भी नानी के गांव जाता था, मंजू के साथ ही खेला करता था। गांव के खेत-खलिहान, आम-लीची के बगीचे, बाँसों की सघन गाछी या नहर पर बना हुआ लकड़ी का पुल... कुछ भी हम दोनों से अछूता नहीं रहता था। छुट्टियां समाप्त होने पर हम दोनों ही बहुत रोते थे। मैं नानी के घर रुकने के लिए रोता और वह मेरे साथ शहर आने के लिए रोती। मगर ना तो मैं कभी गांव में रुका, और ना ही वह कभी मेरे साथ शहर आ पाई। कारण तब समझ में आया जब मैं किशोरा अवस्था में पहुंचा। हम दोनों के बीच में जाति की एक बहुत बड़ी दीवार थी जिस पर हमारे प्यार का नन्हा सा पौधा भी प्रस्फुटित हो चुका था। हम दोनों को तो एहसास भी नहीं था इस बात का और सारी दुनिया बातें बनाने लग गई थी। अब मंजुला की मां उसे मेरे साथ जाने से रोकती थी। और मेरी नानी भी मुझे उसके साथ जाने से मना करने लगी थी। मगर जिन पेड़ों पर बौर आ चुके हों उन पर भला फल लगने से कौन रोक सकता है। अब हम घर वालों से छुप कर मिलने लगे थे। यह उम्र ही ऐसी होती है कि जिस चीज पर दुनिया पाबंदी लगाती है उस चीज की लालसा और भी बढ़ती जाती है। अक्सर हम लकड़ी के पुल के नीचे हाथों में हाथ डाले घंटों बैठे रहते थे। मैं जब भी जाने को कहता उसकी आंखों में आंसू भर आते... मैं उन आंसुओं को गिरने से पहले ही उसकी पनियारी आंखों को चूम लेता था। और फिर वह मुस्कुरा उठती थी।

वह अक्सर कहा करती थी 'अवनी... तुम मेरी ताकत हो। जब तक तुम रहते हो मुझे किसी की बातों का कोई डर

नहीं लगता। लेकिन जब तुम चले जाते हो तो मुझे सब कुछ डरावना सा लगता है। अगली छुट्टियों में जब तुम गांव आओगे तो पता नहीं मैं रहूंगी भी या नहीं...'

तब मैं उसके होंठों पर अपना हाथ रख कर उसे आगे कुछ भी कहने से रोक लेता था। मगर मुझे क्या पता था कि, उसकी बातों में भविष्य का कड़वा सच छुपा था।

'बस कुछ वर्ष और रुक जाओ मंजू... फिर मैं तुम्हें अपना हमेशा हमेशा के लिए अपने पास बुला लूंगा। वैसे भी अब तो मुझे फोन करके मुझसे जब चाहो तब बात कर सकती हो...' मैंने अपना नया मोबाइल उसे दिखाते हुए कहा।

उस समय मोबाइल अभी-अभी प्रचलन में आया था। और मंजू उसका मतलब भी नहीं जानती थी। फिर भी मैंने अपना मोबाइल नंबर लिखकर उसे दे दिया।

छुट्टियां खत्म हुई और मैं हमेशा की तरह अपने घर आ गया। घर आकर पढ़ाई में इतना व्यस्त हुआ कि मंजुला मेरे दिमाग से निकलने लगी। बस कभी-कभी जब मैं अकेला होता तो पुल के नीचे की ठंडी ठंडी हवा और मंजुला की पनियारी आंखों की याद मेरे तन मन को सुकून पहुंचाती थी। मंजुला ने कभी भी मुझे फोन नहीं किया। मैंने कई बार नानी से उसके बारे में पूछा, मगर उन्होंने हर बार टाल दिया... तो मुझे लगा कि शायद वह मुझे भूल गई है। आगे की पढ़ाई के लिए पापा ने मुझे बैंगलोर भेज दिया। जहां से मैं बहुत ही कम समय के लिए अपने शहर आ पाता था। ऐसे में भला नानी के गांव कहां जा पाता। देखते देखते 5 साल बीत गए। उसके बाद दिल्ली के एक मल्टीनेशनल कंपनी में मुझे नौकरी मिल गई। और अब मुझे अंजुला के बारे में नानी से कुछ पूछने में भी अच्छा नहीं लगता था।

बढ़ती उम्र का असर था या महानगर की चकाचौंध की माया... जिस मंजुला के बारे में सोच कर ही कभी मैं रोमांचित हो जाया करता था... अब वह सब कुछ मुझे बचकाना लगने लगा था। मैंने तो यह भी मान लिया था कि अब तक उसकी शादी हो गई होगी। शायद, अब वह मुझे पहचानने से भी इंकार कर दे। फिर भी ना जाने अंजुला में कौन सी कशिश थी कि, एक बार मैं बिना किसी को बताए दिल्ली से सीधा नानी के गांव चला गया। मुझे अचानक आया देखना नानी बहुत खुश हुई। मैं शाम को नानी के घर पहुंचा था, इसलिए रात को कहीं नहीं निकला। मगर सुबह होते ही मुझसे नहीं रहा गया और मैं

मंजुला के घर की तरफ निकल गया।

मंजुला की मां बाहर ही खड़ी थी। मुझे अचानक आया देखकर पहले तो वह अकचका गई, फिर उसने जल्दी से एक मोढ़ा लाकर मुझे दे बैठने को दिया। मैंने भी उस पर बैठते हुए सामान्य भाव से पूछा –

'मंजू आजकल ससुराल में है क्या चाची...? किस गांव में शादी हुई है मंजू की?'

एक पल तो उन्होंने मुझे ऐसे घूरा मानो मैंने कोई अनहोनी बात कह दी हो। मगर अगले ही पल वह साड़ी का आंचल मुंह में दबाकर सुबक सुबक कर रोने लगी। और बिना कुछ बताए ही अंदर चली गई। अब मैंने ज्यादा देर तक वहां बैठना उचित नहीं समझा और घर आकर उस व्यवहार के बारे में मैंने नानी को बताया। तब नानी ने जो कुछ भी कहा उसे मेरे दिल ने तो मानने से इनकार कर दिया मगर, मेरे पढ़े-लिखे दिमाग ने स्वीकार कर लिया।

'अरे बेटा वह तो 5 साल पहले ही मर गई। मुखिया जी के बेटे के साथ उसका गलत संबंध था। वह तो उसी से शादी करने की जिद पर अड़ी थी। मगर मुखिया जी ने गांव की इज्जत संभाली और उसका ब्याह पड़ोस के ही गांव में करवाया। मगर 2 महीना भी वह अपने पति के साथ ना निभा सकी, और अपने मायके आ गई। यहां जब उसके पिता ने जबरदस्ती ससुराल जाने को कहा तो, वह रात को ही कुएँ में जा कर डूब गई। उसके पिता तो बेटी के शोक में अगले महीने ही चल बसे। और मां बेचारी बावरी हुई जैसे तैसे जिंदगी गुजार रही है। बहुत ही बुरी लड़की थी वह...'

उस घटना को गुजरे आज 4 साल बीत चुके थे। निशा से मेरी शादी हो गई थी। एक शिक्षिका होने के साथ-साथ वह एक अत्याधुनिक विचारों वाली स्त्री थी।

'कहां खोए हो अवनीश...? आज ऑफिस नहीं जाना क्या...?' निशा की आवाज सुनकर मैं अपने विचारों को झटकता हुआ स्नान घर की तरफ भागा।

रास्ते की ट्रैफिक और ऑफिस के कामों में मैं सारा दिन इतना व्यस्त रहा की घर की सारी बातें ही निकल गई दिमाग से। दो-तीन दिन ऐसे ही निकल गए। अब मुझे सुबह जल्दी उठने और रसोई में जाने की आवश्यकता ही नहीं पड़ती थी। सुबह बस... किसी तरह तैयार होकर ऑफिस चला जाता था।

बीच-बीच में निशा का मंजू को कहे जाने वाली निर्देशात्मक स्वरों को सुनकर जब भी उसे देखने की कोशिश करता तो शाल में बुरी तरह लिपटा हुआ उसका शरीर से दिखता था। और चेहरे को गौर से देखना मैं सभ्यता के निशानी नहीं समझता था।

उस दिन गणतंत्र दिवस के उपलक्ष्य में राष्ट्रीय अवकाश था। निशा सुबह जल्दी ही स्कूल चली गई थी। मैं थोड़ी देर और सोने के मूड में था। मगर दरवाजे पर दस्तक हो रही थी, और फिर मुझे उठना ही पड़ा। समझ गया था कि मंजू ही होगी। दरवाजा खोलते ही उसने चुपचाप दोनों हाथ मेरी तरफ जोड़कर नमस्ते किया।

बाहर बहुत कुहासा था, लेकिन आज भी मैंने उसकी आंखों को पहचान लिया।

'मंजुला...' मेरे मुंह से दहशत भरी घुटी घुटी सी चीख निकल गई।

आंखों में तो उसके भी मैंने डर ही देखा, मगर जल्द ही वह डर खुशी में बदल गया। उसकी आंखें फिर से पनियारी हो गई और होंठ बुदबुदा उठे...

'अवनी...' मैंने स्पष्ट रूप से अपना नाम उसके होठों से निकलते सुना।

मगर उसने अपना चेहरा घुमा लिया और आगे बढ़ गई।

'तुम मंजुला हो ना... रेखा चाची की बेटी...' वह रसोई की तरफ मुड़ गई थी फिर भी मेरी आवाज सुनकर उसने हां में सिर हिलाया।

'लेकिन तुम तो... मैं नानी के यहां गया तो पता चला कि... तुम्हारी... मौत... हो गई है...' मैं हकलाते हुए बोला।

'हां अवनी.. मैं मर चुकी हूं सबके लिए। मगर मैं जिंदा हूं... एक आस... एक उम्मीद... जिसने मेरे प्राणों को शरीर से जुदा नहीं होने दिया। वरना ऐसा कोई कारण नहीं जिसके लिए मैं जी सकूं...' वह मेरी तरफ पीठ किए हुए ही बोली।

उसकी आवाज सुनकर मुझे ऐसा लगा मानो मैं फिर से उसी लकड़ी के पुल के नीचे बैठा हुआ हूं। और मंजू अपना सिर मेरी गोद में रखकर मेरी उटपटांग बातों को सुनती जा रही है... अचानक जैसे सब कुछ बदल गया है। मैं फिर से अवनीश से अवनी बन गया हूं। अनायास ही मैंने मंजू का हाथ

पकड़कर उसे सोफे पर बिठा दिया और खुद भी उसके पास बैठ गया। मैंने महसूस किया की बचपन की सुनी गई किसी परी कथा की परी आज स्वयं मेरे सामने आ गई हो.. वह सच बताने जो मुझे किसी ने नहीं बताया था।

'मुझे नहीं पता अवनी कि मेरी मां या तुम्हारी नानी ने तुम्हें क्या क्या बताया। लेकिन आज मैं तुम्हें बताना चाहती हूं वह सच, जिसे देखने और सुनने के बाद शायद तुम मुझसे नफरत करने लगो' –मंजू ने बिना किसी भूमिका के कहना शुरू कर दिया।

' –मुखिया जी का बेटा रघु अक्सर मेरे साथ छेड़खानी किया करता था। मगर मैं डर के मारे किसी से कुछ भी नहीं करती थी। यहां तक कि तुम से भी नहीं कह पाई। आखिरी बार, तुम्हारे जाने के कुछ दिनों बाद एक दिन मुझे तुम्हारी बहुत याद आ रही थी। तब मैं लकड़ी के उसी पुल के नीचे तुम्हारे साथ बिताए पलों को याद कर रही थी, और तभी वहां रघु अपने दोस्तों के साथ आ गया। उन लोगों ने मेरे साथ फिर छेड़खानी शुरू कर दी। जब मैंने विरोध किया तो उन्होंने मेरी इज्जत के चिथड़े-चिथड़े कर दिए और इतना मारा कि मैं बेहोश हो गई। उन लोगों ने उसी हालत में मुझे नदी में फेंक दिया। मगर बाबूजी मुझे खोजते हुए वहां आ गए थे, और उन्होंने रघु को मुझे नदी में फेंकते हुए देख लिया था। जैसे तैसे वह मुझे बचा कर घर ले आए। बाबूजी को मालूम नहीं था कि मेरे साथ क्या क्या हुआ। परंतु मां की अनुभवी नज़रों से छिपी ना रह सकी। 2 महीने बाद ही उन्हें पता चल गया है कि मैं मां बनने वाली हूं ..तो यकीन नहीं करोगे अवनी... कि, मां ने मुझे स्वयं जहर लाकर दिया और कहा कि मैं खुद इसे खा लूं वरना वह मुझे खाने में मिलाकर दे देंगी...

मैंने कोई गलती नहीं की थी... कोई पाप नहीं किया था... फिर मैं क्यों मरती भला... वह भी पापी को सजा दिलाएं बिना...

इसलिए मैंने पंचायत के सामने सब कुछ सच-सच बता दिया। मगर किसी ने भी मेरी बात का यकीन नहीं किया। उल्टे मेरे बाबूजी से यह कहा गया है कि 3 दिन के अंदर मेरी शादी किसी दूसरे गांव में करवा दे नहीं तो हमें यह गांव खाली करना पड़ेगा। मुखिया जी ने हम पर एहसान करते हुए एक शराबी जुवारी के साथ मेरी शादी तय करवा दी। ना चाहते हुए भी

मैं रोते बिलखते तीसरे दिन उस गांव से विदा हो गई। मगर मेरे साथ साथ मेरा दुर्भाग्य भी साए की तरह लगा हुआ था। मेरा पति हर रोज रघु की ही भांति मेरे मन मस्तिष्क और शरीर को रौंदकर ठहाके लगाता था। वह तन से ही नहीं मन से भी कुरुप था। वह मुझे बार-बार रघु की रखैल कहकर ताने दिया करता था। मेरी सुंदरता उसकी आंखों में कांटे की तरह चुभती थी। वह मेरे साथ जानवरों से भी बुरा बर्ताव करता था। एक दिन मैं त्रस्त होकर मां के पास भाग गई लेकिन, मां ने मुझे एक पल भी आंगन में खड़ा नहीं होने दिया। और हाथ पकड़कर मुझे मेरे ससुराल पहुंचा दिया। बाबूजी भी नज़र झुका कर अपनी सहमति दर्शाते रहे, इसलिए अब मैंने भी ठान लिया कि मैं अन्याय नहीं सहुंगी। रास्ते भर खुद को हौसला देती हुई ससुराल पहुंची। मगर उसी रात मेरे पति के भीतर का शैतान फिर से जागृत हुआ और घर छोड़कर भागने की सजा के तौर पर उसने सोते समय मेरे ऊपर तेजाब डाल दिया। उसने बहुत शराब पी रखी थी और कमरे में भी बहुत अंधेरा था... शायद इसलिए मेरा चेहरा भर बच गया। मगर मेरा पूरा शरीर... मांस का टुकड़ा बनकर रह गया।' इतना कहते हुए मंजू ने अपना शाल हटा दिया।

कपड़ों से झांकते उसके गले, बाँह और पेट का वीभस्त रूप उस राक्षस की कुत्सित मानसिकता की सच्चाई को उजागर कर रहा था। मैं रो पड़ा। जी ने चाहा कि मैं उसे अपनी बाहों में जोर से भींच लूं... उसकी आत्मा में समा जाऊं... ताकि उस के दर्द को मै भी महसूस कर सकूं... आखिर मैं भी कहीं ना कहीं उसकी इस हालत का जिम्मेदार था...।

'मेरे रोने चिल्लाने की आवाज सुनकर पड़ोसियों ने मुझे अस्पताल में भर्ती करवाया। ना जाने कितने दिन में वहां जिंदा लाश की तरह पड़ी रही। ना जाने कहां से मेरे अंदर जिंदा रहने की एक भूख... एक जिजीविषा... पैदा हो गई थी। और एक उम्मीद... सिर्फ तुमसे मिलने की ही थी..। उस हालत में भी तुम्हारी बातें... तुम्हारा मुस्कुराता चेहरा... मुझे जीने के लिए प्रेरित करता रहा। जिस तरह अपनी मन की बातें कहने के लिए मैं हर साल छुट्टियों का इंतजार करती थी, वही इंतजार शायद मेरी जिंदगी और मौत के बीच खड़ी हो गई थी। जब तक सारी बातें तुमसे कह ना दूं... मौत ने भी मुझे छूने से इंकार कर दिया था।... होश आया तो मैं माया मौसी के पास थी। मौसी

ने ही मुझे बताया कि मेरी मां ने तो उसी रात मेरे कपड़े कुएँ में फेंक कर सारे घरवालों को यह बता दिया कि मंजुला कुएँ में डूबकर मर गई। और तब से मैं माया मौसी के पास ही हूं।'

'ओह! मंजू... इतना दर्द तुम अकेले ही सहती रही और मैं अपनी दुनिया में इतना मशगुल रहा कि, मैंने एक बार भी सच्चाई जानने की कोशिश नहीं की। उल्टा तुम्हारे बारे में ना जाने क्या क्या अनाप-शनाप सोचता रहा।' मुझ से रहा नहीं गया और आखिर मैंने अपनी मंजू को अपने बाहों में समेट हीं लिया।

'मैं अकेली कहां थी अवनी... तुम्हारी यादें, तुम्हारी बातें, तुम्हारा प्यार... तुम्हारे साथ बिताया हुआ हर पल... मेरे साथ था, जो मुझे जीने को मजबूर करता रहा। अब तुमसे मिल लिया तो मेरा मन हल्का हो गया अब शायद मैं चैन से मर सकूंगी मैं तो तुम्हें यही बताने के लिए जिंदा थी शायद कि... मैं जिंदा हूं...

मैं आज ही यह शहर छोड़कर हमेशा हमेशा के लिए तुम्हारी जिंदगी से दूर चली जाऊंगी... तुमसे मिल लिया... मेरी आज सारी इच्छाएं पूरी हो गई..।'

मेरी बाहों में लिपटी हुई मंजू और भी ना जाने क्या-क्या बड़बड़ाती रही... मगर मैं तो पश्चाताप से जलती हुई अपनी आत्मा को उसके शरीर की ठंडक से शांत कर लेना चाहता था।

बस इतना ही संग था...

कनाडा की रहने वाली सेल्विया घूमने की बहुत शौकीन थी। जगह-जगह की सभ्यता संस्कृति के बारे में जानने की उसकी विशेष इच्छा होती थी। जनवरी के महीने में जब वह नेपाल यात्रा पर थी तो उसके गाइड ने उसे भारत के गोरखनाथ मंदिर में मकर संक्रांति के अवसर पर लगने वाले खिचड़ी मेला के बारे में बताया। 1 महीने तक चलने वाले इस मेले और गोरखनाथ मंदिर की महिमा सुनकर वह गोरखपुर आ गई। यहां मंदिर की सुंदरता एवं मेले की चमक दमक ने उसका मन मोह लिया। इसी मेले में उसकी मुलाकात रौनक से हुई। रौनक गोरखपुर के एक प्रसिद्ध सर्राफ का बेटा था उसने भी मेले में गोल्ड प्लेटेड ज्वेलरी की दुकान लगा रखी थी। उसने पिछले साल ही एम.बी.ए किया था और अब वह अपने पुश्तैनी काम को आगे बढ़ा रहा था।

सेल्विया जब उसके दुकान पर आकर तरह-तरह के जेवरों के साथ सेल्फी लेती थी तो वह उसकी मनमोहक अदाओं को देखता ही रह जाता था। रौनक भी खूबसूरत एवं आकर्षक शरीर सौष्ठव का मालिक था साथ ही फर्राटेदार अंग्रेजी बोलने के कारण उसने सेल्विया से जल्द ही अच्छी दोस्ती कर ली। सेल्विया भी घंटों दुकान में बैठी रौनक की लच्छेदार बातों को सुनती रहती। मेले की समाप्ति तक दोनों एक दूसरे के बारे में बहुत कुछ जान चुके थे। और यह भी जान चुके थे कि वे एक दूसरे के बगैर नहीं रह सकते। रौनक ने जब सेल्विया को शादी के लिए प्रपोज किया तो सेल्विया इनकार नहीं कर सकी। उसने कनाडा स्थित अपने माता-पिता को भी सूचना दे दी। उन्होंने तो थोड़ी ना-नुकर के बाद हामी भर दी, रौनक का संस्कारी एवं परंपरावादी परिवार सेल्विया को बहू बनाने के लिए कतई तैयार नहीं था, लेकिन इकलौते बेटे के विधर्मी हो जाने के डर से उन्होंने भी इस रिश्ते के लिए हामी भर दी।

3 महीने बाद ही दोनों परिवारों की उपस्थिति में हिंदू रीति रिवाज से सेल्विया रौनक की दुल्हन बन गई। शादी के बाद हनीमून मनाने दोनों कनाडा गए। वहां जाकर रौनक को एहसास हुआ कि सेल्विया और उसके भारतीय परिवार के बीच कितनी असमानताएं हैं। ना सिर्फ रहन-सहन बल्कि दोनों परिवारों की

विचारधाराएं भी जमीन आसमान की तरह अलग अलग थी।

फिर भी सेल्विया ने रौनक के परिवार की परंपरा एवं रीति रिवाजों को दिल से अपनाया था। वह रौनक से भी बेइंतहा मोहब्बत करती थी। मगर घरवालों के व्यवहार से कभी कभी वह बहुत आहत हो जाया करती थी। घर के नियमों के अनुसार वह चारदीवारी में बंधने को तो तैयार थी परंतु विचारों की परतंत्रता उसे स्वीकार नहीं हो पा रही थी। रौनक के परिवार वाले अक्सर उसके धर्म एवं देश के बारे में उल जलूल बातें करते रहते थे। स्थानीय भाषा में दिए गए उनके तानों को वह अक्षरशः तो नहीं समझ पाती थी परंतु उनके हाव भाव से कथन का औचित्य भली-भांति समझ लेती थी। इसी बीच वह एक खूबसूरत सी बेटी की मां बन गई। फिर तो परिवार वालों की प्रताड़ना और भी बढ़ने लगे। रौनक की माँ अब उसकी बेटी निकिता को अक्सर उससे दूर रखने का प्रयास करती थी। और कहती थी कि वह निकिता को सेल्विया के तौर-तरीके नहीं सीखने देंगी। कोमल स्वभाव की सेल्विया प्रतिरोध ना कर पाने के कारण अंदर ही अंदर अवसादग्रस्त होती जा रही थी। उसने अपनी परेशानी रौनक को बतलाते हुए अलग रहने की गुहार की तो रौनक ने सिरे से नकार दिया। कारण स्पष्ट था य परिवार से अलग उसकी कोई पहचान नहीं थी और पुश्तैनी कार्य के अलावा और कोई काम वह करना नहीं चाहता था। इसलिए वह भी परिवार वालों के साथ एडजस्ट करने के लिए सेल्विया पर ही दबाव डालने लगा।

शादी के 2 साल बीत चुके थे परंतु परिस्थितियां संभलने के बजाए और भी बिगड़ती जा रही थी और वही हुआ जिसकी उम्मीद रौनक एवं उसके परिवार वालों को शायद नहीं थी। एक दिन अचानक ही सेल्विया बिना किसी को बताए घर छोड़ कर चली गई और पीछे छोड़ गई अपनी बेटी निकिता, रौनक का अकेलापन और आँसूओं के शब्दों से लिखा एक पत्र जिसमें उसने अपने दिल की घुटन एवं रौनक के परिवार वालों के साथ एडजस्ट ना कर पाने की असमर्थता जाहिर की थी। साथ ही यह भी लिखा था कि

'कभी मेरे प्रति अपने प्यार को महसूस करना तो कनाडा आ जाना। मैं तुम्हारा और हमारी बेटी का हमेशा इंतजार करूंगी...।'

तू प्यार है किसी और का

सुबह जब मेरी आंख खुली तो नीरज जा चुका था। टेबल पर मेरे पर्स से दबा हुआ एक कागज फड़फड़ा रहा था, जिस पर सिर्फ एक शब्द लिखा था-'सॉरी'

पहले भी नीरज के पास मुझसे बात करने के लिए शब्दों का अकाल था, और आज भी वही कंजूसी...।

मैं जब बेसिन में मुंह हाथ धोने के लिए गई तो मुझे शीशे में अपनी सूजी हुई लाल आंखों में बीता हुआ कल, किसी सपने की भाँति दिखने लगा।

एक वर्ष पहले हीं मेरी शादी हुई थी नीरज के साथ। हम दोनों ने एक दूसरे को देखा नहीं था लेकिन तस्वीर से परिचय जरूर था। नीरज और मेरे माता पिता ने मिलकर ये रिश्ता तय किया था। मैं एक साधारण नाक नक्श की सांवली सी लड़की थी। मेरे लिए तो नीरज किसी सपनों के राजकुमार से कम नहीं था। नीरज ने बिना मुझे देखे शादी के लिए हां कर दी थी, इसीलिए मैं तो उसे अपने जीवन का तारणहार ही समझ रही थी। मेरा यह मनमोहक सपना तब टूटा जब शादी की पहली ही रात को नीरज ने मुझे शाहीन के बारे में बताया। नीरज ने यह शादी घर वालों के दबाव में आकर की थी। वह तो सिर्फ शाहीन से प्यार करता था, और उसी से शादी करना चाहता था। शाहीन नीरज के ही दफ्तर में काम करती थी और एक अनाथ लड़की थी। घर वाले इस अंतरजातीय विवाह के सख्त खिलाफ थे। नीरज के माता पिता ने अपनी जान की धमकी देकर नीरज को यह शादी करने पर मजबूर कर दिया था। मगर प्यार तो वह बंधन है जिसे जितना तोड़ने की कोशिश की जाए वह उतना ही मजबूत होता जाता है। पहली हीं रात को मेरे सपनों का महल ताश के पत्तों की भांति बिखर गया था। सारी रात सिसकती रही। सोचा था, सुबह होते ही अपने मायके चली जाऊंगी, और फिर कभी लौट कर इस घर में नहीं आऊंगी।

लेकिन सुबह की पहली किरण ने जब मेरे दिमाग की नसों को झकझोरा तो पहली बार मुझे अपने औरत होने पर अफसोस हुआ। विवाह की जो बेड़ियाँ मेरे पैरों में पड़ चुकी थी उसे तोड़ना अब मेरे बस में नहीं था। अपने माता-पिता

की चार बेटियों में मैं दूसरी बेटी थी दीदी की शादी के बाद पापा अभी संभले भी नहीं थे कि मेरी शादी के खर्च ने उनकी कमर तोड़ दी थी। अभी तो दो बहनें और भी हैं। अगर मैं भी मायके जा कर बैठ गई तो मेरे माता-पिता का क्या होगा? कर्ज का बोझ तो इंसान जैसे तैसे सह लेता है परंतु शादीशुदा बेटी का बोझ कोई नही सह पाता।

फिर मधु और कनक का क्या होगा? कैसे होगी उनकी शादी? नहीं... नहीं... मैं ऐसा नहीं कर सकती... मुझे अपने जीवन की कड़वी सच्चाई को स्वीकारना ही होगा।

यही सब सोचकर मैंने अपनी सारी जज़्बातों को दफन कर दिया। और सिर्फ कर्तव्य की जिंदा लाश बनकर जीवित रहने का अभिनय करने लगी। जिसमें दो अजनबी दुनिया की नज़रों में पति-पत्नी का किरदार निभाने लगे। अब तक नीरज भी मेरी मजबूरी भाँप चुका था। मेरी आड़ में नीरज शाहीन के और भी करीब आ गया था। छुट्टी के दिन घर से हम दोनों एक साथ घूमने के लिए निकलते थे। मगर मुझे मेरे मायके छोड़ कर वह शाहीन के साथ चला जाता था। शाम को फिर हम दोनों एक साथ घर पहुंचते थे।

मैं एक कठपुतली की भांति नीरज के हर इशारे पर नाचती रहती थी, शायद भारतीय संस्कारों का असर था मुझ में। जहां स्त्री को जन्म से ही पत्नी धर्म सिखाया जाता है। या, असुरक्षा का एक डर, जो नीरज से दूर होने पर मुझे मिलता।

ऐसा नहीं था कि घर के लोग हमारे बीच की दूरी को समझ नहीं रहे थे। मगर 'पति पत्नी के बीच की बात' कहकर किसी ने भी इस में खलल डालने की कोशिश नहीं की।

शाहीन के और करीब जाने के लिए नीरज ने अपनी कंपनी के कनाडा वाले ब्रांच में जाने के लिए अप्लाई कर दिया और अगले हीं महीने उसका प्रस्ताव भी स्वीकार कर लिया गया। कनाडा जाने से पहले ही नीरज ने मुझे बता दिया था कि वह केवल शाहीन के साथ रहने के लिए ही कनाडा जा रहा है। नीरज ने मुझसे कहा था कि-' अगर तुम चाहो तो मुझ से तलाक लेकर इस अनचाहे बंधन से मुक्त हो सकती हो, और तुम चाहो तो कनाडा भी चल सकती हो, मुझे कोई एतराज नहीं होगा। वहां भी मैं तुम्हारे रहने-खाने का पूरा खर्च दूंगा। लेकिन एक पत्नी का स्थान मैं कभी नहीं दे पाऊंगा। मैं कैसे बताती नीरज को कि मुझे मुक्ति या रुपया नहीं चाहिए।

मुझे तो सिर्फ उसका प्यार और अपना अधिकार चाहिए। एक जानवर भी प्यार का भूखा होता है। मैं तो फिर भी एक इंसान थी। मगर कहती भी तो किससे, अपनी बात कह कर नीरज तो कब का जा चुका था। कुछ ही हफ्तों में विदेश जाने की सारी कागजी कार्यवाही समाप्त हो गई, और कनाडा जाने का दिन भी नजदीक आ गया।

एयरपोर्ट पर जब मम्मी ने मुझे पुत्रवती होने का आशीर्वाद दिया तो मैं फफक पड़ी। काश कि मैं उनको बता पाती कि जहां मैं जा रही हूं वहां कोई मेरा अपना नहीं होगा। पति का साथ भी बस यही तक है।

कनाडा हवाई अड्डे पर जब हम उतरे तो शाहीन वहाँ खड़ी थी। नीरज ने शायद शाहीन को पहले ही भेज दिया था। उसने मुझे देख कर अजीब सा मुँह बनाया। मेरे हेलो का भी कोई जवाब नहीं दिया उसने। टैक्सी में बैठने के बाद में उसने मुझे बताया कि शाहीन 3 दिन पहले ही यहां आ चुकी हैं। शाहीन और नीरज दोनों को ऑफिस की तरफ से फ्लैट मिला हुआ था। नीरज ने अपने फ्लैट में मुझे पहुंचा दिया और खुद अपना सामान लेकर शाहीन के फ्लैट पर चला गया। कनाडा की राजधानी ओटावा मे हीं हम दोनों के फ्लैट थे। हम दोनों के फ्लैट के बीच अधिक दूरी नहीं थी। टैक्सी से 15-20 मिनट लगते थे। मगर अधिक पढ़ी-लिखी ना होने और संकोची स्वभाव के कारण मैं अकेली बाहर नहीं निकल पाती थी। नीरज अपने वादे के मुताबिक मेरी हर जरूरत का ख्याल रखता था। हर दिन ऑफिस जाते समय आकर पूछ जाता था- 'तुम्हें किसी चीज की जरूरत तो नहीं'

और मैं इनकार से सिर हिला देती। कैसे कहती कि, 'जिस चीज की जरूरत है वह तो तुम कभी नहीं पूरा कर सकते, फिर पूछने का क्या फायदा।'

यहां आए हुए 6 महीने बीत चुके थे, मगर हमारी बातचीत में बस औपचारिकता ही थी। अब मैं भी कमरे में बैठी बैठी उबने लगी थी। सारा दिन किताबों से दिल बहलाती। भाषा की परेशानी के कारण अगल-बगल भी नहीं जा सकती थी। एक दिन मैंने हिम्मत करके नीरज से कहा कि मुझे इस तरह खाली बैठना अच्छा नहीं लगता। मैं भी कुछ करना चाहती हूं। उस समय तो नीरज ने कुछ नहीं कहा मगर दो दिन बाद ही उसने मेरा दाखिला एक इंग्लिश स्पीकिंग कोर्स में करवा दिया।

'तुम पहले इंग्लिश बोलना सीख लो, फिर तुम्हें अपने आस पड़ोस में घुलने-मिलने में परेशानी नहीं होगी।'

मैंने भी मन लगाकर नयी भाषा सीखना शुरू कर दिया। आरंभ में तो थोड़ी परेशानी हुई मगर यहां मैं अच्छा महसूस करती थी। परदेशियों की सबसे बड़ी अच्छाई है यह होती है कि वह आपको ज्यादा कुरेदते नहीं है। आप जितना उन्हें दिखाते हैं वह उतना ही देखते हैं। परंतु जज्बात सभी के एक जैसे ही होते हैं। तभी तो वहां जा कर मैं अपना हर गम भूल जाया करती थी। मुझे इंग्लिश सिखाने वाली मुख्य शिक्षिका लीबिया एक फ्रांसीसी नन थी। वह ओटावा के ही कार्लटन विश्वविद्यालय में अंग्रेजी भाषा की शिक्षिका थी। वह मुझे छोटी बहन की तरह प्यार करती थी। उसके उपदेशात्मक बातों को सुनकर मुझे मानसिक शांति मिलती थी। उसने मुझे फ्रेंच बोलना भी सिखाया क्योंकि यहां फ्रेंच अत्यधिक मात्रा में बोला जाता था। उसने मुझे विश्वविद्यालय के कैंटीन में सहयोगी रसोइए के तौर पर रखवा दिया।

मैंने एक अच्छी पत्नी की तरह नीरज से इस बारे में भी पूछा। पहले तो उसने ना-नूकर किया। फिर कहा-'जैसी तुम्हारी मर्जी... वैसे भी यहां पर किसी काम को छोटा या बड़ा नहीं समझा जाता...।'

लेकिन मैं तो बस अपना समय काटने के लिए यह नौकरी करना चाह रही थी। सारा दिन कमरे में बैठकर अपनी किस्मत पर रोने से क्या हासिल होना था। जब तक जिंदगी है जीना तो पड़ेगा हीं... हँस के जियो या रो कर... यह तो मुझ पर निर्भर करता है। मेरे रोने या दुखी रहने से किसी को क्या परवाह... अब मैंने फैसला कर लिया था कि मैं सारे गिले शिकवे भुलाकर अब सिर्फ अपने लिए जिउंगी, इसलिए मैंने सबको माफ कर दिया। चाहे वो बिना सोचे समझे मेरी शादी करवाने वाले मेरे मां-बाप हो या हम सब को धोखे में रखने वाले नीरज के माता-पिता। मैंने किसी के प्रति मन में कोई मैल नहीं रखा। मैंने नीरज से भी कह दिया कि -'तुम मेरे प्रति अपने मन में कोई आत्मग्लानि मत रखो और खुशी-खुशी शाहीन के साथ अपनी जिंदगी बिताओ। हाँ, अगर तुम चाहो तो हम दोनों तलाक की कागजी कार्रवाई पूरी कर के ताउम्र एक अच्छे दोस्त की तरह रह सकते हैं।'

मेरे इस बदले व्यवहार से नीरज के दिल का बोझ भी शायद हल्का हो गया था। अब तक वह स्वयं को मेरा गुनहगार समझता था। अब वह भी मुझसे एक दोस्त की भांति व्यवहार करने लगा था। सिर्फ शाहीन की आंखों में अपने प्रति हमेशा आक्रोश ही झलकता देखा था मैंने। शायद वह मेरे और नीरज के रिश्ते को लेकर सशंकित रहती थी। कारण भी स्पष्ट था वह बार-बार नीरज के ऊपर शादी करने के लिए दबाव डाल रही थी। मगर नीरज हर बार सुना अनसुना कर दे रहा था।

एक दिन नीरज ने मुझे बताया कि शाहीन मां बनने वाली है। मैंने नीरज को ढेरों बधाइयां दी। उस दिन मैं सचमुच बहुत खुश थी। लेकिन नीरज का चेहरा तो भावशुन्य ही बना हुआ था। मैंने जब कारण पूछना चाहा तो शाम को आकर बताऊंगा' कहकर वह चला गया।

शाम को काफी देर हो गई। मैंने डिनर भी तैयार कर लिया था मगर वह अभी तक नहीं आया। बारिश बहुत तेज हो रही थी इसलिए मुझे लगा कि अब शायद वह नहीं आएगा। हो सकता है ऑफिस से सीधा घर चला गया हो। यह सब सोचते हुए मैंने अकेले ही खाना खाया और सोने की तैयारी में ही थी कि, नीरज का फोन आ गया। वह मेरे फ्लैट के बाहर हीं खड़ा था। शायद बारिश की तेज आवाज में मुझे कॉलबेल की आवाज नहीं सुनाई दी। मैंने जल्दी से दरवाजा खोला।

जब वह अंदर आया तो उसके कदम लड़खड़ा रहे थे। शायद उसने बहुत ज्यादा पी रखी थी। मैंने नीरज को सहारा देकर सोफे पर बिठाया और कॉफी लाने के लिए जाना चाहा तो उसने मेरा हाथ पकड़ लिया।

'मुझे तुमसे बहुत जरुरी बात करनी है कनिका... यहीं बैठो।'

शादी के बाद पहली बार नीरज का यह स्पर्श... उफ्फ... मेरे तो रोंगटे खड़े हो गए थे। फिर भी मैं नीरज से थोड़ी दूर हट कर बैठ गई। पानी से भीगे उसके ठंडे हाथों की पकड़ मेरी कलाई पर अभी भी कसे हुए थे। मैं इस प्रथम एहसास को अपने अंदर समाहित कर ही रही थी कि नीरज ने अपना गीला सिर मेरे कंधों पर रख दिया, और उसके हाथों ने मेरी कलाई छोड़कर मेरी कमर को घेर लिया। वह कुछ बुदबुदा रहा था। उसकी आवाज स्पष्ट नहीं थी, या... शायद मैं ही सुनना नहीं चाह रही थी... मालूम नहीं...। नीरज के बालों से

गिरते पानी ने मेरी नाईटी को पूरा भिगो दिया था। यह ठंडा पानी मेरे बदन में जैसे अंगारों को प्रज्वलित कर रहा था। अब नीरज की गर्म सांसे मेरे सीने से होते हुए दिल के तारों में मधुर झंकार पैदा करने लगी थी। बाहर से आती बारिश की तेज आवाज भी मेरे कानों में घुंघरू की मानिंद सुरम्य ध्वनि सी प्रतीत हो रही थी। मैंने एक बार फिर नीरज के बाहों के घेरे से दूर होने की कोशिश की। मगर इस बार की कोशिश में दिल ने मेरा साथ छोड़ दिया। एक स्वार्थी की भांति मेरे दिमाग से अलग हटकर ढीठ की भांति खड़ी हो गई अब मेरा खुद से लड़ना ज्यादा मुश्किल होने लगा। मेरी देह अकेली हो गई... मैंने दोनों हाथों में उसके चेहरे को पकड़कर सोफे पर बिठाने की कोशिश की तो उसने दोनों हाथों से मेरे पूरे बदन को अपने आगोश में ले लिया। अब तो मेरे दिल ने स्वार्थ की पराकाष्ठा को पार करते हुए स्वयं को समर्पित कर दिया...। नदी जानती है कि सागर में विलय होने पर उसके अस्तित्व का संहार निश्चित है फिर भी वह अनेकों कठिनाइयों और दुर्गम रास्तों को पार करते हुए उद्याम तरंगों के साथ सागर में समाहित होने को लालायित रहती है। मानो यही उसकी मंजिल हो। उस रात की बर्फीली बारिश की गर्मी ने मुझ जैसी शिलाखंड को भी पूरी तरह पिघला कर रख दिया। और आंखों से भी नदी की भांति अविरल धारा बहने लगी थी। आंखों की लाली गवाह थी कि आंसुओं की धारा ने सारी रात उन्हें घायल किया है।

अचानक मोबाइल की तेज आवाज से मेरी तंद्रा भंग हुई। मैंने झट से बेसिन का नल बंद किया और मोबाइल रिसीव किया। लीबिया का फोन था। आज उसकी तबीयत कुछ ठीक नहीं थी इसलिए उसने मुझे जल्दी ही कैंटीन में बुलाया था। मैंने जल्दी-जल्दी ग्रीन टी बनाई और जाने की तैयारी में लग गई। घर से निकलते वक्त जब मैंने अपना पर्स उठाया तो नीरज के 'सॉरी' लिखे हुए कागज को भी मोड़कर अपने पर्स में रख लिया।

विश्वविद्यालय पहुंचकर कैंटीन के कामों में मैं इतना मशगूल हो गई कि कोई भी बात मेरे दिमाग में नहीं रही। शाम को जब मैं निकली तो फिर वही सब कुछ मेरे दिमाग में गूंजने लगा और मैं सीधे नीरज के फ्लैट पर जा पहुंची।

नीरज उस वक्त कहीं जाने की तैयारी में था, और उसके हाथ में एक बड़ा सा बैग भी था।

'यह क्या है? तुम कहीं जा रहे हो?'

'कनिका... मैं अस्पताल जा रहा हूं। आज सुबह शाहीन बाथरूम में फिसल कर गिर गई... उसका मिसकैरेज... हो गया है।'

'क्या...? और तुम मुझे अब बता रहे हो! सुबह क्यों नहीं बताया?'

'कल रात मैंने बहुत ज्यादा शराब पी ली थी। और सारी रात तुम्हारे घर... अपनी फ्लैट में काफी देर से पहुंचा मैं... और सब कुछ इतना अचानक हो गया है कि मुझे तुम्हें बताने का समय ही नहीं मिला।' नीरज की आवाज में दुख और पश्चाताप झलक रहा था।

'ठीक है, जल्दी चलो... मुझे भी शाहीन को देखना है।' –मैंने नीरज की बात काटते हुए कहा और उसके हाथों से बैग ले लिया।

अस्पताल के नियमानुसार हमें शाहीन के कमरे में तो नहीं जाने दिया गया मगर डॉक्टर ने एक बड़े से स्क्रीन पर हमें उसकी स्थिति दिखला दी। शाहीन अभी बेहोश थी। पेट के बल गिरने के कारण उसे अंदर से गहरी चोट आई थी और उसके भ्रूण की मृत्यु हो गई थी।

'आपकी पत्नी के अब जल्दी मां बनने के चांसेस बहुत कम है। इसीलिए आप उसके ऊपर अभी मां बनने का दबाव ना ही डालें तो बेहतर होगा।' –फ्रेंच भाषा में बोले गए डॉक्टर के इस कथन का मर्म मै बिल्कुल समझ गई थी।

'वियेन सूर (अवश्य)' –नीरज ने भी फ्रेंच में बोलकर डॉक्टर को आश्वस्त किया और हम लोग वहां से निकल पड़े।

शाहीन को कल सुबह डॉक्टर के चेकअप के बाद ही डिस्चार्ज मिलना था रात को मरीज के पास उसके घर वालों को कतई रुकने दिए जाने का नियम नहीं था। इसलिए हम लोग घर वापस आ गए।

रास्ते में नीरज ने बस इतना कहा कि पिछले 2 दिनों से शाहीन बहुत परेशान थी। वह मुझे बार-बार तुम से तलाक लेने और हमारी शादी के लिए दबाव डाल रही थी। मैंने भी निसंकोच कह दिया है कि तुम जब चाहो इस प्रक्रिया को पूरी कर सकते हो मेरी तरफ से कोई एतराज नहीं है।

उसके बाद रास्ते भर हम दोनों ही खामोश हीं थे। मैंने एक दो बार नीरज की और देखा भी था मगर उसके भावविहीन

चेहरे को देखकर मुझे कोई और शब्द नहीं सूझा। वह मुझे मेरी फ्लैट तक छोड़ने आया तो मुझे उससे डिनर के लिए भी पूछने की हिम्मत नहीं हुई। न जाने क्यों मुझे ऐसा लग रहा था मानो मैंने कोई बड़ी गलती की है वह भी जानबूझकर।

अगले ही दिन शाहीन घर आ गई। मैंने एक हफ्ते की छुट्टी ली और शाहीन की सेवा सुश्रुषा हमें लग गई। नीरज ने मुझे मना भी किया, लेकिन मुझे ऐसा लग रहा था कि शायद मैं शाहीन की सेवा करके अपनी गलती का पश्चाताप कर पाऊंगी।

शाहीन बहुत कमजोर हो गई थी। बच्चा खोने के गम मे उसे और भी ज्यादा मानसिक संताप सहन करना पड़ रहा था। शाहीन को बिल्कुल भी अंदाजा नहीं था कि मैं उसका इस तरह से ख्याल रखूंगी। शायद इसीलिए मेरे प्रति उसका व्यवहार धीरे-धीरे परिवर्तित हो रहा था। वह मेरी एक अच्छी दोस्त बन चुकी थी। अभी कुछ ही दिन हुए थे मेरी और शाहीन की दोस्ती को कि मुझे हमारी दोस्ती टूटने के कगार पर नज़र आने लगी। क्योंकि मुझे अपने भीतर एक अंकुरण का एहसास होने लगा था। और मुझे यह लगने लगा है कि नीरज का यह अंश कहीं शाहीन और नीरज के बीच तकरार ना पैदा कर दे। मैं काफी बेचैन थी। और मैंने अपनी इस बेचैनी मे नीरज को अपने हालात के बारे में सब कुछ बयान कर दिया। और नीरज ने शाहीन को बता दिया। मेरी आशा के विपरीत शाहीन ने सकारात्मक प्रतिक्रिया दी।

मेरे पांव भारी होने की खबर सुनते ही शाहीन दौड़ी दौड़ी मेरे पास आई और बोली-' क्या हुआ जो मैं नीरज के बच्चे को जन्म नहीं दे पाई... नीरज पिता बनने वाले हैं, मेरे लिए यही खुशी की बात है। वैसे भी, उसकी पत्नी तो तुम हीं हो... उसकी ब्याहता...'

मैं तो उससे बहुत कुछ कहना चाहती थी, परंतु समय की नजाकत को समझते हुए उसे कोई भी जवाब नहीं दिया। नीरज भी किसी प्रकार की प्रतिक्रिया देने से सदैव बचते रहे, लेकिन मेरा ख्याल रखने में उसने कोई कोताही नहीं की। शाहीन तो कुछ ज्यादा ही उतावली हो रही थी बच्चे को देखने के लिए। उसका ज्यादातर समय मेरे ही फ्लैट पर आकर बीतने लगा। और सारा दिन बच्चे के पैदा होने के बारे में बातें किया करती थी। मानो वह स्वयं मां बनने वाली हो। बच्चे के लिए उसका और नीरज का उत्साह देखते ही बनता था।

'मैंने नीरज को इतना खुश कभी नहीं देखा' शाहीन अक्सर यह बात कहा करती थी। और मैं भी नोटिस कर रही थी।

नए मेहमान के आगमन के लिए दोनों ने ढेरों तैयारियां कर रखी थीं। 36 वाँ सप्ताह प्रारंभ हो चुका था। नीरज ने अस्पताल में मेरा रजिस्ट्रेशन करवा रखा था। डॉक्टर के मुताबिक अब मैं किसी भी वक्त मां बन सकती थी। नीरज ऐसे समय में मुझे छोड़ना नहीं चाहता था, मगर उसे अचानक ऑफिस के काम से टोरंटो जाना पड़ा। और उसी रात मुझे लेबर पेन शुरू हो गया। शाहीन ने एंबुलेंस बुलवाकर मुझे तुरंत अस्पताल पहुंचाया, जहां मैंने नीरज की ही एक खूबसूरत सी प्रतिकृति को जन्म दिया। शाहीन खुशी से फूली नहीं समा रही थी। और नीरज तो अपनी बेबसी पर छटपटा रहा था। उसका बस चलता तो वह अभी के अभी अपने बच्चे के पास आ जाता। स्काइप पर देखने के बाद तो उसका मन और भी लालायित हो रहा था अपने बच्चे को गोद में लेने के लिए।

'तुम सोच भी नहीं सकती कनिका कि आज तुम ने हम दोनों को कितनी खुशी दी है। आज मुझे ऐसा लग रहा है जैसे मैं मां बनी हूं।' शाहीन की आंखों में खुशी के आंसू चमक रहे थे।

ऐसे ही नीरज भी फफक पड़ा जब उसने पहली बार अपने बेटे को गोद में लेकर सीने से लगाया। बच्चे के प्रति नीरज का यह प्यार देखकर मुझे ऐसा लगा मानो आज मुझे वह सब कुछ मिल गया जिसकी मैं अधिकारिणी थी। मगर अगले ही पल मेरे कानों में नीरज कि वह फुसफुसाहट गूंजने लगी और मेरे चेहरे की रंगत फीकी पड़ गई। सहसा मेरी आंखों में आंसू छलक आए।

'तुम्हें क्या हुआ कनिका.. रो क्यों रही हो...?' शाहीन ने मेरे आंसू पोंछते हुए कहा।

'कुछ नहीं... अब तक मैं खुद को सबसे बड़ा बदनसीब समझती थी, मगर आज मुझे पता चला कि मैं कितनी खुशनसीब हूं। क्योंकि मेरे पास तुम्हारे जैसी बहन और नीरज... जैसा... दोस्त...' नीरज को दोस्त कहने में ना जाने क्यों मेरी जुबान लड़खड़ाने लगी थी।

'मुझे शर्मिंदा मत करो कनिका मैंने हमेशा तुम्हें अपना प्रतिद्वंदी... अपनी सौतन समझा और तुम्हारे साथ बुरा बर्ताव किया। लेकिन सही मायने में तो मैं तुम्हारी सौतन में थी। फिर

भी तुमने मुझे अपनी बहन समझा और मेरे लिए इतना कुछ किया। वरना इस परदेश में कौन करता है इतना किसी के लिए। नीरज से तुम्हारी शादी हो जाने के बावजूद मैंने हमेशा नीरज को तुमसे दूर ही रखना चाहा। मुझे माफ कर दो कनिका...' शाहीन ने मेरे दोनों हाथों को पकड़कर अपने माथे से लगा लिया।

अच्छा हुआ जो नीरज बच्चे को लेकर अपने कमरे में चले गए थे, वरना शाहीन की यह बातें शायद उन्हें अच्छी नहीं लगती।

'ऐसा मत कहो शाहीन, तुम्हें मैंने कभी भी सौतन समझा ही नहीं। बल्कि मुझे तो तुम्हें धन्यवाद कहना चाहिए कि मेरे पेट में नीरज का बच्चा होते हुए भी तुमने मुझसे और मेरे बच्चे से इतना प्यार किया... इतना ख्याल रखा... आज मुझे पता चल गया कि तुम नीरज से कितना ज्यादा प्यार करती हो। वरना कोई अपनी सौतन के लिए इतना कुछ नहीं करता... वो भी इस परदेस में...' मैंने मुस्कुराते हुए शाहीन के लहजे में ही कहा हो शाहीन खिलखिला उठी।

'लेकिन अब मैं भी अपनी सौतन के लिए, यानी तुम्हारे लिए कुछ करना चाहती हूं ताकि हिसाब बराबर हो जाए।' मेरी गंभीर आवाज सुनकर शाहीन ने मेरी आंखों में झांक कर मेरे शब्दों को समझने का असफल प्रयास करने लगी।

'मैं अगले हफ्ते भारत वापस जा रही हूं...अपने घर। मैंने लीबिया से कह कर सारा इंतजाम करवा लिया है।' मैंने एक ही सांस में पूरा वाक्य कह डाला, और अपनी आंखों को मूंद लिया। ठीक उसी प्रकार जैसे एक छोटा बच्चा अपनी खराब रिपोर्ट माता-पिता को बताने के बाद कर लेता है।

'यह क्या कह रही हो तुम...? ऐसा कैसे कर सकती हो?' –नीरज की इतनी तेज आवाज मैंने इतने दिनों में पहली बार सुनी थी। दरवाजे पर खड़े नीरज ने शायद मेरी बातें सुन ली थी।

'अभी अभी तो हम तीनों के बीच सब कुछ ठीक हुआ है। और तुमने यह अचानक इंडिया जाने के बारे में कैसे सोच लिया। त... तुम... म... मेरे बच्चे को मुझसे दूर कैसे कर सकती हो?' अचानक नीरज की आवाज भर्राने लगी और शायद पैर भी कांपने लगा। नह नजदीक पड़े सोफे का सहारा लेते हुए फर्श पर बैठ गया। यह देख कर शाहीन दौड़कर उसके

पास चली गई और उसे अपने कमरे में ले गई, लेकिन मैं एक निष्ठुर सी जड़वत बनी रही।

'प्लीज अपना फैसला बदल दो कनिका... वरना मैं और नीरज जीते जी मर जाएंगे' –शाहीन ने वापस आकर मुझसे कहा।

'भारत जाने का फैसला मैं कर चुकी हूं और मैं अवश्य जाऊंगी। क्योंकि, मैं नहीं चाहती कि आज जो हम तीनों के बीच में प्यार है तो आगे चलकर नफरत में तब्दील हो जाए। मैंने बहुत सोच समझकर यह फैसला लिया है। और अचानक नहीं... अपनी गर्भावस्था के दौरान ही मैंने यह सोचा था। मुझे भी यह फैसला लेने में बहुत तकलीफ हो रही है शाहीन.. लेकिन मैं नहीं चाहती कि आने वाले समय में नीरज को मुझे और तुम्हें लेकर दुविधा की स्थिति झेलनी पड़े। हो सकता है कि कल हो कर मेरे मन में नीरज या अपने बच्चे के लिए अधिकार की भावना जागृत होने लगे... या, तुम्हारे मन में मेरे और नीरज को लेकर असुरक्षा की भावना उत्पन्न होने लगे। इसलिए मैं हमेशा हमेशा के लिए यह देश छोड़कर चली जाऊंगी ताकि तुम तीनों खुशी खुशी है यहां रह सको...'

'तीनो...?' –शाहीन ने आश्चर्य से पूछा।

'हां... मैं अकेले ही भारत जाऊंगी। यह बच्चा तुम लोगों के पास ही रहेगा और तुम ही इसके माता-पिता कहलाओगे।'

'यह क्या कह रही हो तुम'

'हां, क्योंकि भले ही मैंने 9 महीने इसे गर्भ में रखकर जन्म दिया है परंतु दर्द तो तुमने भी सहा है। तुमने भी 9 महीने इसे महसूस किया है। और सबसे बड़ी बात तो यह है कि नीरज सिर्फ और सिर्फ तुमसे प्यार करता है। मेरे साथ बिताया हुआ वह कमजोर पल नशे की देन थी। मांग में सिंदूर भर देने या शारीरिक संबंध बना लेने से हम पति पत्नी नहीं हो जाते। जो प्यार और विश्वास दांपत्य जीवन की नींव होती है वह तुम्हारे और नीरज के बीच में ही है। नशे में भी वह मुझे तुम्हारे ही नाम से प्यार करता रहा और मैं अनसुना करती रही। सही मायने में तुम ही इसकी मां हो।'

'मगर वहां तुम करोगी क्या? और अपने परिवार वालों को क्या जवाब दोगी?' –शाहीन की शंका वाजिब थी।

'उसकी चिंता तुम मुझ पर छोड़ दो। भारत में बहुत सी औरतें पति के नाम का सिर्फ सिंदूर लगाकर अकेला जीवन

जी रही हैं। मैं भी रह लूंगी। तुम सब के साथ बितायी हुई सारी यादें काफी है जिंदगी जीने के लिए।' शाहीन ने मुझे गले से लगा लिया।

'सच कनिका तुम महान हो। वरना इतना कौन करता है अपनी सौतन के लिए...' इतना कहते हुए शाहीन मुझसे लिपट गई।

पत्थर की पुजारिन

'मम्मी, पोस्टमैन यह लेटर देकर गया है'

'किसका है बेटा?' -सुमित की आवाज सुनकर मैंने रसोई से ही पूछा।

'पता नहीं मम्मी, इस इंटरनेट के जमाने में मैं तो पहली बार कोई पत्र देख रहा हूं' सुमित आश्चर्य से पत्र को उलट-पुलट कर देख रहा था।

'शायद कोई पुराना परिचित होगा, जिसे हमारा मोबाइल नंबर या मेल आई डी मालूम नहीं होगा।' मैंने साड़ी में हाथ पोंछते हुए सुमित के हाथ से पत्र ले लिया।

पत्र बेहद पुराना था, घिसा हुआ। कुछ भी स्पष्ट नहीं दिख रहा था। यहां का पता तो कुछ कुछ समझ में आ रहा था परंतु भेजने वाले का पता पूरी तरह भारतीय डाक व्यवस्था की भेंट चढ़ चुका था।

अब तक उत्सुकता काफी बढ़ गई थी। इसलिए अंदर हॉल में आते-आते मैंने लिफाफा खोल कर उसके अंदर का मजमून भी पढ़ लिया था। हाल में आकर तो मैं बस सोफे में धस गई। पैर कांपने लगे। माथे पर पसीने की बूंदें उभर आईं।

सुमित भी अब तक मेरे पीछे-पीछे आ चुका था।

'क्या लिखा है इसमें? किसने भेजा है मम्मी?'-

'रूपसी हम लोग 13 तारीख को घर आ रहे हैं... प्रदीप'

'सिर्फ एक लाइन? ये प्रदीप कौन है मम्मी?'

'मेरे पति!' -अचानक ही मेरे मुंह से निकल गया।

'क्या...? यानी, मेरे पापा... मगर आप तो कहती थी कि वह अब इस दुनिया में नहीं है, तो फिर...?' सुमित की आंखों में खुशी और गम एक साथ उभर पड़े।

अचानक मुझे अपने मुंह से निकले शब्द की असलियत का एहसास हो गया और मैंने एक झटके से सुमित के हाथ से पत्र छीन लिया।

'कुछ नहीं... कोई नहीं है प्रदीप... मैं नहीं जानती किसी प्रदीप को...'

'मगर आपने ही तो कहा अभी अभी कि...'

'तुझे खेलने जाना था न...? अब देर नहीं हो रही जा

न...' मैंने अपनी भावनाओं पर काबू रखते हुए सुमित को लताड़ा।

उसके बाद सुमित ने कुछ नहीं पूछा। बस मेरे चेहरे को गौर से देखते हुए बाहर निकल गया।

14 वर्षीय सुमित इतना छोटा भी नहीं था कि वह मेरे चेहरे के भावों को ना भांप सके। मैंने प्रदीप का पत्र पुनः खोला और उसकी लिखी एकमात्र पंक्ति को दोहराने लगी।

13 तारीख... यानि, कल... इतनी जल्दी में कैसे खुद को मानसिक रूप से तैयार कर पाऊंगी प्रदीप के सामने जाने के लिए। अगर मैं कमजोर पड़ गई तो?

उन दोनो ने सुमित के बारे में पूछ लिया तो? मुझे डर प्रदीप का नहीं, सुमित का है। वह मेरे जीवन का एकमात्र आसरा है। अगर परवीन ने उसे भी मुझसे छीन लिया तो... मैं तो मर ही जाऊंगी।

'नहीं-नहीं ऐसा कभी नहीं होगा..' –अचानक मुझे लगा जैसे कोई मेरा गला दबा रहा है। एक घुटन सी महसूस होने लगी। कमरे का तापमान जैसे अचानक बढ़ गया हो। मैं एक झटके से उठी और खिड़की के पर्दे सरका दिए।

सुमित अपने हमउम्र दोस्तों के साथ खेलने में मग्न था। मैं उसके चेहरे को गौर से देखने लगी। बिल्कुल अपनी बुआ पर गया है। वहीं दूधिया रंग, तीखे नाक नक्स, चौड़ा माथा और पतले होठ... बिल्कुल ऐसी ही तो है परवीन।

'हे भगवान! मैं यह क्या सोचने लगी।' –मैंने झट से खिड़की का पर्दा बंद किया, और फ्रिज से पानी का बोतल निकाल कर एक ही सांस में पी गई। मगर खिड़की बंद होने से यादों का आना तो बंद नहीं हो जाता न... वह यादें जिन्हें मैंने अक्सर भूलने की कोशिश की। मगर आज उसने मेरे दिलो-दिमाग पर तेजी से दस्तक देना शुरू कर दिया है। ठंडे पानी की घूंट से मन में भी तरावत आ गई थी इसीलिये सब कुछ जैसे मानस पटल पर चलचित्र की भांति स्पष्ट चलने लगा।

40 साल पहले एक किसान माता पिता के घर तीन पुत्रियों में सबसे बड़ी पुत्री के रूप में मैंने जन्म लिया था। ईश्वर ने मेरा सौंदर्य छीन लिया था, शायद इसीलिए माता पिता ने अपनी संतुष्टि के लिए मेरा नाम रूपसी रख दिया। पतली दुबली काया उसपर गहरा रंग, बड़ी बड़ी आँखें, उत्सुकता से भरी रहती थी। बड़ी हुई तो कंठ में सरस्वती का वास हो गया। गांव

की शादियों में बन्ना बन्नी का गीत गाते गाते कब मेरी आवाज इतनी सुरीली हो गई, मुझे तो पता ही नहीं चला। मुखिया चाचा की बेटी की शादी में प्रदीप की दादी जी भी आई थीं। मेरे गीत सुनकर उन्हें 500 रुपये बतौर 'नेग' दिया, और कहा–

'तुमने सुरों को साध लिया है, अब अपनी जिंदगी को साधो, तभी तुम्हारा गायन तुम्हें जिंदगी देगा।'

इतना तो मैं जान हो चुकी थी कि गांव की शादियों में लोग मुझे अपनी मेरी सुरीली आवाज के कारण ही बुलाते थे। मगर संगीत साधना के प्रारंभिक रूप की भी जानकारी मुझे नहीं थी। मुखियाइन चाची ने ही बताया कि प्रदीप की दादी जी अपने समय की मशहूर लोक गायिका रह चुकी है, और यह गांव उनका मायका है।

फिर एक दिन प्रदीप की दादी जी मेरे दरवाजे पर आ पहुंची। वह मुझे संगीत सीखने के लिए प्रोत्साहित करना चाहती थी। यहां तक कि वह स्वयं मेरी संगीत शिक्षिका बनने को तैयार थी। मगर मेरे माता-पिता को तो केवल मेरे शादी की चिंता खाए जा रहे थे। आखिर वह भी क्या करते 3-3 बदसूरत बेटियों का बोझ जो था सिर पर... अब मेरी किस्मत में क्या था यह मुझे नहीं मालूम था। लेकिन दादी जी ने मुझे संगीत में पारंगत करने का दृढ़ निश्चय कर लिया था। तभी तो मुझे अपने पोते प्रदीप की बहू बनाकर घर ले आई। शादी तो बहुत ही धूमधाम से हुई थी। घर के सारे लोग भी बेहद खुश थे, बस प्रदीप के चेहरे पर ही हर वक्त मुर्दनी सी छाई रहती थी। मैं महसूस कर रही थी कि इसका कारण कहीं ना कहीं मेरा साधारण रंग रूप और कम पढ़ा लिखा होना ही था। मैंने फैसला कर लिया था कि अपनी प्रेम और व्यवहार से मैं अपने पति का दिल अवश्य जीत लूंगी।

अब दादी जी मुझे प्रतिदिन सुबह सुबह गायन का अभ्यास कराती थी। नृत्य प्रशिक्षण के लिए भी मास्टर जी आने लगे थे। मैं भी तन मन से रियाज करती थी। लेकिन प्रदीप के सामने जाते ही मेरा तन और मन दोनों जवाब दे जाता। प्रदीप के लिए मैं उसके कमरे में मौजूद बाकी निर्जीव वस्तुओं की तरह ही थी। घर में मेरा होना या ना होना प्रदीप के लिए कोई मायने नहीं रखता था। मैं घर के बाकी सदस्यों से इस बारे में बात करना चाहती थी, परंतु ऐसा लगता जैसे सब जानबूझकर अनजान बन रहे हैं। मेरे और प्रदीप के दांपत्य जीवन के बारे

में कोई भी कुछ बोलना ही नहीं चाहता था।

मैं दादी के ज्यादा करीब थी, मगर वह भी मेरी संगीत शिक्षिका मात्र थी। मैंने भी अपनी इसी जिंदगी को नियति मान कर समझौता कर लिया। बचपन से ही आदत थी समझौता करने की, इसीलिए अधिक परेशानी नहीं हुई। हर इंसान की जिंदगी में एक खाली स्थान होता है, जिसे भरने पर ही उसका व्यक्तित्व पूर्ण होता है। स्त्री तभी संपूर्ण होती है जब वह पत्नीत्व और मातृत्व सुख का वरण करती है। इन दोनों सुखों के अभाव में बड़े से बड़ा सुख भी दुख ही लगता है। मेरे सारे सुख मेरे पास होकर भी मेरे साथ नहीं थे। मैंने भी अब दांपत्य सुखों की चिंता छोड़ कर स्वयं को संगीत साधना में लीन कर लिया। दादी जी का आशीर्वाद और मेरी मेहनत रंग लाने लगी। मैंने कई स्टेज शो किए। दादी जी की बहू के रूप में ही सही मगर मेरी भी पहचान बनने लगी।

एक दिन दादी ने मेरा रजिस्ट्रेशन किसी क्षेत्रीय टीवी चैनल के द्वारा होने वाले रियलिटी शो 'सुर संगीत' में करवा दिया। उस दिन दादी जी बहुत खुश थी वह चाहती थी कि मैं इस प्रतियोगिता की विजेता बनूं। अंदर से मुझ में इतना आत्मविश्वास और इच्छा शक्ति नहीं थी कि मैं विजेता बनने का सपना देखती, परंतु मेरे पास नृत्य और गायन के अलावा दूसरा कुछ था ही नहीं। मैंने 'सुर संगीत, में भाग लिया और जी जान लगा दिया। अंततः सुपर 15 में भी आ गई।

अभी तक तो सारे ऑडिशन इसी शहर में हुए हैं इसलिए मुझे कोई परेशानी नहीं हुई। दादी मेरा साया बनकर साथ साथ रहती थी। आगे की प्रतियोगिता के लिए मुंबई जाना था, पूरे 2 महीने के लिए। यह सुनकर मै तो परेशान हो गई, मगर दादी जरा भी विचलित नहीं हुईं। उन्होंने तैयारी आरंभ कर दी, और मुझ में भी आत्मविश्वास जगाने की कोशिश करने लगी। सब कुछ ऐसा ही चलता रहता है यदि उस रात हृदयाघात ने दादी की जान न ली होती। मेरी तो जैसे दुनिया ही उजड़ गई।

इस घर में दादी का हाथ ही तो मेरे सर की छत थी। मैं तो बिल्कुल अनाथ हो गई थी। मुंबई जाने का दिन भी करीब आ रहा था। दादी मुझे जीतते हुए देखना चाहती थी, इसीलिए मैंने फैसला कर लिया था कि मैं मुंबई हर हाल में जाऊंगी, मगर अकेले कैसे?

मुंबई, इतना बड़ा शहर और मैं ग्रामीण परिवेश में पली बढ़ीं... मैं कैसे सामना करूंगी। ऐसे में मुझे प्रदीप का ख्याल आया, तो सोचा एक बार कोशिश कर ही लूं, शायद प्रदीप मुझे मुंबई ले जाने को तैयार हो जाए। मैंने हिम्मत करके एक दिन प्रदीप से अपनी समस्या बताई, मगर उनका दो टूक जवाब सुनकर मैं तो सन्न रह गई –

'देखो रूपसी, तुम दादी की पसंद थी, मेरी नहीं। मैंने कभी भी तुम्हें अपनी पत्नी नहीं माना। अब तक तो दादी की खुशी के लिए मैंने अपना मुंह बंद कर रखा था, क्योंकि दादी ही हमारे रिश्ते की कड़ी थी। अब जब वही नहीं रही तो हमारे इस रिश्ते का भी कोई मतलब नहीं है। मैं चाहता हूं कि हम दोनों ही इस जबरदस्ती के बंधन से आजाद हो जाए। मैं अपने साथ काम करने वाली परवीन से प्यार करता हूं। हम दोनों ही अगले महीने यह देश छोड़कर जा रहे हैं। तुम भी चाहो तो अपनी अलग दुनिया बसा सकती हो।'

मैं कैसे बताती प्रदीप से कि, हमारे समाज में औरतों की कोई दुनिया ही नहीं होती। पति की दुनिया में ही वो अपने लिए एक कोना तलाश कर लेती हैं। यदि यह कोना भी छिन गया तो दुनिया के किसी कोने में उन्हें सम्मान नहीं मिलता। एक परित्यक्ता का जीवन विधवा स्त्री से भी गया बीता होता है। विधवाओं को तो फिर भी लोगों की सहानुभूति मिल जाती है, परंतु परित्यक्ता तो हर हालत में दोषी ही मानी जाती है।

मैं बिल्कुल टूट गई, यह सब सुनकर। उम्मीद तो मुझे पहले भी नहीं थी परंतु इतनी हताश भी नहीं थी मैं कभी।

तभी पता नही कैसे... इतने दिनों में पहली बार प्रदीप के माता पिता ने आज मुझे हौसला दिया। दादी के सपनों को पूरा करने के लिए मुझे उत्साहित किया।

'बेटी, प्रदीप ने अपनी जिंदगी हमेशा अपनी शर्तों पर जिया है। हमारे विचार आपस में कभी मेल नहीं खाए। एक दादी ही थी जिसकी बात वह सर झुका कर मानता था। प्रदीप के ऐसे व्यवहार के लिए तो हम माफी मांगने के सिवा कुछ नहीं कर सकते। मगर हम यह वादा करते हैं कि तुम्हें अपनी बेटी बनाकर हमेशा अपने साथ रखेंगे। तुम जाओ और अपनी दादी के सपनों को पूरा करो। हमारा आशीर्वाद हमेशा तुम्हारे साथ रहेगा। मैं मुंबई के अपने एक मित्र का पता तुम्हें देता हूं वहां तुम्हें किसी भी चीज की परेशानी नहीं होने देगा वह।'

बस इतना काफी था मेरे हौसलों को पंख देने के लिए। मैं उड़ चली। अपनी मंजिल की ओर। दादी की दी हुई शिक्षा और आत्मविश्वास काम आया। मैं प्रथम पुरस्कार लेकर ही अपने शहर लौटी। सारे शहर ने मेरा स्वागत किया। बस प्रदीप ही नहीं था। मेरे लौटने तक वह परवीन के साथ यह देश छोड़कर जा चुका था।

उस दिन प्रदीप के माता-पिता की आंखों में पहली बार मुझे बेचारगी दिखी। मेरे लिए कुछ ना कर पाने की आत्म ग्लानि और साथ ही उन्हें दिख रहा था भविष्य मे खुद का अकेलापन।

तभी दरवाजा खोलने की आवाज आई, और मैं अतीत की गलियों से बाहर आ गई। सुमित आ चुका था।

'अंधेरा हो चुका है मम्मी, और आपने लाइट भी नहीं जलाई' –इतना कहते हुए सुमित ने सारी बतियां जला दी। घर रोशनी से नहा गया, और सुमित को मेरी आंखों का गीलापन भी दिख गया।

'मम्मी, आपकी आंखों में आंसू... आप रो रही थी क्या.?' हां बेटा, कुछ पुरानी बातें याद आ गई थी।

'दादा जी और दादी जी?'

' हां, और भी बहुत कुछ... बेटा, मैं तुमसे कुछ कहना चाहती हूं।' मैंने सुमित को अपने पास बिठाते हुए कहा।

'उस पत्र के बारे में मुझे कुछ नहीं जानना मम्मी, आप निश्चिंत रहिए।' जो बातें आपको विचलित करें... आपकी आंखों में आंसू ला दे, ऐसी बातें मैं ना ही जानू तो अच्छा है।

'सुमित ने मेरे आंसू पोंछते हुए द्रवित होकर कहा।'

मैं जानती हूं बेटा कि तू अपनी मां को बेहद प्यार करता है। मुझे दुखी नहीं देख सकता। मगर क्या करूं, मेरे सीने पर भी कुछ बोझ सा है, जो मैं तेरे साथ बांटना चाहती हूं। कुछ सच्चाई ऐसी भी होती है जो व्यक्ति को अवश्य जाननी चाहिए। वरना किसी दूसरे के मुंह से सुनकर अधिक तकलीफ होती है।

'ऐसी कौन सी सच्चाई है मम्मी' –सुमित हैरत से मुझे देख रहा था।

'तेरे और मेरे जीवन से जुड़ी सच्चाई... अब वक्त आ गया है कि मैं तुझे यह सब बता दूं। उसके बाद तेरा जो भी फैसला होगा मुझे मंजूर होगा।

मैंने तुम्हें तुम्हें जन्म नही दिया है बेटा... तुम्हें जन्म देनेवाले माता पिता अब इस दुनिया में नहीं है।'

हकलाते हुए मैंने कलेजे पर पत्थर रखकर सुमित को कह तो दिया किंतु, उसके चेहरे के बदलते स्याह रंगों से मैं डर गई। और वह अचानक मुझसे लिपट गया।

'ऐसा मत कहो मम्मी... कह दो कि यह सब झूठ था, मैं आपका ही बेटा हूं और आप मेरी मां...'

'भले ही मैंने तुझे जन्म नहीं दिया है, मगर तू मेरा ही बेटा है सुमित, मैं तो बस तुझे एक कड़वी सच्चाई बताना चाहती हूं ताकि, कोई दूसरा तुम्हें इस सच्चाई की आड़ में जहर ना पिला दे' –मैंने सुमित को अपने सीने से भींचते हुए कहा।

मेरे पति का नाम प्रदीप शर्मा है। हमारे बेमेल रिश्ते से त्रस्त होकर उन्होंने तुम्हारी बुआ परवीन के साथ अपनी दुनिया बसा ली। जब मैं 'सुर संगीत प्रतियोगिता' में भाग लेने मुंबई गई थी, तभी उन दोनों ने यह देश छोड़ दिया था।

मैंने घर जाकर प्रदीप के माता पिता को तो संभाल लिया लेकिन परवीन के भैया भाभी खुद को ना संभाल सके। अपने अम्मी अब्बू के गुजरने के बाद उन्होंने परवीन को अपनी बेटी की तरह पाला था। एक तो बेटी जैसी बहन के घर छोड़ने का दुख, ऊपर से समाज और मुल्ले मौलवीओं द्वारा बिरादरी से अलग करने का सदमा वह सहन ना कर सके और अपनी 9 माह की गर्भवती पत्नी को छोड़ कर आत्महत्या कर ली। प्रदीप के एक दोस्त से जब मुझे यह बात पता चली तो मैं परवीन की भाभी शकीला को अपने घर ले आई। शकीला गहरे सदमे में थी। कुछ ही दिनों में उसने तुझे जन्म दिया। मगर तेरा मुंह देखे बिना ही अल्लाह को प्यारी हो गई।

उसके बाद फिर ना जाने कैसे, कब मैं तेरी मां बन गई और तू मेरा बेटा। मैं, प्रदीप के माता पिता और तू... हम चारों के बीच रक्त संबंध ना होते हुए भी दर्द का ऐसा रिश्ता बना कि हम एक दूसरे की नियति बन गए। तेरी परवरिश के लिए और मां बाबूजी के पास रहने के लिए मैंने अपने बनते हुए कैरियर को तिलांजलि दे दी और यह 'नृत्य गायन प्रशिक्षण केंद्र' खोल लिया, ताकि रोजी रोटी के साथ साथ हम सब एक साथ जी सकें।

मां बाबूजी ने भी अपना वादा निभाया और सदैव मुझे अपनी बेटी नहीं बेटा बना कर रखा। तभी तो दुनिया छोड़ने से पहले यह घर और गांव की पुश्तैनी जमीन मेरे नाम कर दी ताकि, मैं सम्मान से जी सकूं। मुझे कुछ दिनों पहले पता चला

था कि परवीन ने अपने भैया भाभी और उनके बच्चे के बारे में पता लगाने की कोशिश की है। आज जब यह पत्र आया है तो मुझे यकीन हो गया है कि वह लोग तुझे ही ढूंढने यहां आ रहे हैं। मेरे मन में भी यही डर है कि कहीं वह लोग तुझे मुझसे छीन ना ले। मैं तो तुम्हारे बिना जीने की कल्पना भी नहीं कर सकती सुमित बेटा...' इतना कहकर मैं फूट-फूट कर रोने लगी।

'ऐसा कभी नहीं होगा मम्मी, मेरी मां आप ही हैं और हमेशा रहेंगी। दुनिया का कोई भी इंसान हमें इस रिश्ते से अलग नहीं कर सकता। मैं नहीं जानता कि मेरे रक्त संबंधी कौन है। मैं तो बस इतना जानता हूं कि मैं आपका बेटा हूं, और मुझे जीवन भर आप की गोद में हीं रहना है। मैं तो आश्चर्यचकित हूं इस बात पर कि जो व्यक्ति बरसों पहले आपको छोड़कर चला गया, जिसने कभी आपको पत्नी का दर्जा नहीं दिया, आपके जीवन में पत्थर की तरह बना रहा और परवीन, जिसने आपकी खुशियों में ग्रहण लगाया, फिर भी आपने कैसे प्रदीप के माता पिता को और मुझे जीवन दिया? एक तरह से आप जीवन भर उन दोनों पत्थरों को पूजती रहीं जिसने कभी आपके सिर पर हाथ नहीं फेरा। बस चोट देते रहे।' यह सब कहते कहते सुमित की आवाज भर्रा गई और उसकी आंखों में आंसू आ गए।

'ऐसी बात नहीं है बेटा, माता पिता जैसे सास-ससुर, दादी जैसी मार्गदर्शक और तेरे जैसा बेटा... मुझे प्रदीप और परवीन की बदौलत हीं मिला है। मुझे तथाकथित सांसारिक सुख भले ना मिला हो परंतु मेरे जीवन में सुकून है, और वह मां बाबूजी तथा तुम्हारी वजह से है। मैं भले ही पत्थर की पुजारिन बनी रही मगर खुद को कभी पत्थर नहीं होने दिया। जिम्मेदारियों और ममता की लौ मे मैं सदैव पिघलती रही...'

'और दूसरों को भी रोशनी देती रही' सुमित ने मेरे वाक्य को पूरा करते हुए मेरी गोदी में आकर अपना सिर रख दिया।

तब मुझे लगा कि मेरे अंदर का डर एकाएक समाप्त हो गया है। मैं फिर से जी उठी हूं। मैंने सुमित को सीने से लगाकर उसके ललाट को चूम लिया। अब मेरे मन में कोई भी दुविधा नहीं थी। अब मैं प्रदीप और परवीन का सामना करने को तैयार थी। मेरे दिल का बोझ उतर गया था। आज सुमित पूरी तरह से मेरा सगा बेटा जो बन गया था।

पागल हो तुम

ऑफिस में आते ही मैंने प्रतिदिन की तरह अपना लैपटॉप ऑन किया और एमएस वर्ड में जाकर एक बढ़िया सब ब्लॉग लिखा, जो मैं रास्ते भर सोचता आ रहा था। जल्दी ही उसे कॉपी करके अपने ब्लॉग 'अनजाने खत' में पेस्ट करके उसे पोस्ट कर दिया। अपने ब्लॉग से लिंक अप करते हुए मैंने उसका भी ब्लॉग देखा 'खुशियों भरी जिंदगी' मगर आज भी उसने कुछ नहीं लिखा था।

'तीन दिन हो गए थे, उसने कुछ भी नहीं लिखा। जब कि वह तो हर रोज लिखने वालों में से है। कभी-कभी तो एक दिन में दो तीन कविताएं लिख डालती थी। कहीं उसकी तबीयत तो नहीं खराब हो गई? मैं फेसबुक पर गया, वहां भी उसकी एक्टिविटी तीन दिन पहले की दिख रही थी। व्हाट्सएप पर भी लास्ट सीन देखा तो वही हाल था। आखिर वह पिछले तीन दिनों से है कहां? कहीं बीमार तो नहीं?... नहीं नहीं वह बीमार भी होती तब भी कुछ ना कुछ जरूर लिखती थी। ज्यादा बड़ा नहीं तो दो-तीन पंक्तियों की कोई क्षणिका या हाईकू... कहीं उसका लैपटॉप या मोबाइल तो नहीं खराब हो गया? अरे नहीं दोनों एक साथ कैसे खराब हो सकता है? चलो फोन करके ही देखता हूं... लेकिन उसने मुझे मैसेज या फोन करने के लिए मना कर रखा है। हमेशा वही फोन करती थी।' मैं खुद से ही सवाल जवाब करने में उलझा था। मेरी हिम्मत नहीं हो रही थी कि मैं उसे फोन करूं। कहीं उसके पति ने देख लिया तो बिचारी मुसीबत में पड़ जाएगी। यही सोच कर मैंने उसे कॉल या मैसेज नहीं किया। 'एक-दो दिन और इंतजार कर लेता हूं, उसके बाद कुछ सोचूंगा।' –मैंने अपने दिल को समझाया और अपने काम में लग गया।

मगर आज मेरा मन ऑफिस के कामों में बिल्कुल भी नहीं लग रहा था। बार-बार मेरा ध्यान मोबाइल पर ही जा रहा था। शायद उसका कोई कॉल या मैसेज आ गया हो। लंच टाइम हो गया फिर भी कोई मैसेज नहीं आया। उसे मेरी लंच टाइम का पता था। वह अक्सर मुझे इस वक्त फोन करती थी। कभी-कभी मैं उस पर झल्लाया भी करता था।

'प्लीज लंच टाइम में फोन मत किया करो। मुझे खाते हुए बोलना पसंद नहीं।'

'तुमसे बोलने को किसने कहा। बस सुनते रहो ना... मैं जो कह रही हूं। तुम्हारे लंच टाइम के समय मैं भी खाना खाती हूं, और तुमसे बात किए बिना मुझे खाने में कोई स्वाद नहीं लगता' और इसके साथ ही एक जोरदार हँसी... अचानक मुझे भी हंसी आ गई। अकचका कर मैंने अपने अगल-बगल देखा, कहीं कोई मुझे अकेले में यूं हंसते हुए देख तो नहीं रहा। फिर मैंने जल्दी से अपना लंच खत्म किया और कैंटीन की बालकनी में आ गया। कैंटीन के पीछे वाली बालकनी से एक पार्क दिखाई देता था। जाड़े का मौसम था। बच्चे धूप में खेल रहे थे। उनकी आवाज तो नहीं सुनाई दे रही थी मगर चेहरे देखकर खिलखिलाहट का अंदाजा लगाया जा सकता था। वह भी तो ऐसे ही खिलखिलाती रहती थी। फोन पर या मिलने पर या मैसेज में भी वह बिना स्माइली के बाद नहीं करती थी। बेहद जिंदादिल थी वह। एक कवि सम्मेलन के दौरान हम दोनों मिले थे। हम दोनों ही लेखक थे। कविता एवं ब्लॉग्स लिखना हम दोनों का शौक था। पहली बार जब उसने मेरी कविता सुनी थी तो प्रोग्राम के दौरान ही बिंदास होकर कहा था।

'आप इतनी रोमांटिक कविताएं कैसे लिख लेते हो? मुझे तो आपकी शब्दों से प्यार हो गया है। मैं कुछ कहता इससे पहले ही उसने अपना मोबाइल निकाल कर कहा, 'अपना मोबाइल नंबर मुझे दीजिए' और जैसे ही मैंने अपना मोबाइल नंबर बताया उसने मुझे कॉल कर दिया।

'यह मेरा मोबाइल नंबर है, सेव कर लीजिएगा। जब भी आपकी कविता सुनने का दिल करेगा मैं आपको परेशान कर दिया करुंगी' इतना कह कर वह निकल गई।

'पगली कहीं की... अनायास ही मेरे मुंह से अभी निकल गया।

उस दिन भी तो उसके जाने के बाद यही शब्द कहे थे मैंने। उसकी नाम से ज्यादा मैंने उसे पगली कह कर ही बुलाया है। एक हफ्ते के अंदर ही हम दोनों व्हाट्सएप, फेसबुक, इंस्टाग्राम सब जगह एक दूसरे को लाइक, कमेंट और शेयर करने लगे थे और साथ ही लंबी लंबी चैटिंग भी। वह अक्सर कहा करती थी कि मैं तुम्हारे शब्दों में जीती हूं। तुम्हारे ब्लॉग 'अनजाने खत' सीधे-सीधे मेरे दिल तक पहुंचते हैं।

एक दिन मैंने उसे मैसेज किया –'सोच रहा हूं मैं ब्लॉग्स लिखना छोड़ दूं।'

'फिर तो मैं भी तुम्हें छोड़ दूंगी' –तुरंत उसका मैसेज आया।

'कोई बात नहीं,... छोड़ देना। तुम्हारा भी समय बचेगा और मेरा भी। वैसे भी मेरी पत्नी को बिल्कुल भी पसंद नहीं है मेरा कविता या ब्लॉग लिखना, और तुम्हारे पति को भी तो नहीं पसंद है'

'तुम्हारी पत्नी का तो पता नहीं मगर मेरे पति को तो मैं भी पसंद नहीं... तो क्या मैं जीना छोड़ दूं? अब मैं तुम्हारी कविताओं के साथ-साथ तुमसे भी प्यार करने लगी हूं' साथ हीं एक चुंबन वाली इमोजी के साथ आया उसका यह मैसेज पढ़कर मेरे मुंह से फिर निकला, 'पगली कहीं की'और ना जाने कैसे रिप्लाई भी हो गया था।

'तो इस पगली से मिलने पागलखाने आ जाओ ना।'

'पागल खाने?'

'हाँ, इस रविवार को एक कवि सम्मेलन का न्योता मिला है मुझे। तुम भी आ जाओ। फिर दोनों मिलकर पागलपंती करते हैं।'

'मैं नहीं आने वाला' मेरे इंकार करने के बावजूद भी उसने मुझे उस कवि सम्मेलन का एड्रेस भेज दिया। रविवार का दिन था। मैं भी उससे मिलने का लोभ संवरण ना कर पाया और उसके बताए पते पर पहुंच हीं गया।

'क्यों छली जाती हो तुम
कभी सीता बन कर राम से
तो, कभी राधा बनकर श्याम से?...'

जब उसने स्त्रियों के लिए और ओज, उत्साह एवं उम्मीद से भरी हुई अपनी इस नव रचित कविता का पाठ किया तो सारा हॉल तालियों से गुंजायमान हो गया। प्रोग्राम के बाद हम दोनों ही कॉफी शॉप में जा बैठे।

'तुम्हें डर नहीं लगता इस तरह मेरे साथ खुलेआम मिलने में? जबकि तुम्हारे पति बेहद ही सख्त किस्म के इंसान है' –मैंने उसे संजीदा होते हुए कहा।

'डर तो बहुत लगता है मगर क्या करूं? तुमसे प्यार जो करती हूं, तुझसे मिले बिना रहा नहीं जाता।' –उसने हमेशा की तरह खिलखिलाते हुए कहा।

'फिर वही पागलों वाली बातें... मैं शादीशुदा हूं, तुम्हें पता है ना! और मैं अपनी पत्नी से बेहद प्यार करता हूं।' –मैंने पहले से भी ज्यादा गंभीरता पूर्वक कहा।

'मुझे पता है यह सब कुछ... मैं भी शादीशुदा हूं, और मुझे तुमसे कोई शादी वादी नहीं करनी है। और मैंने तुम्हें कब मना किया कि तुम अपनी पत्नी से प्यार मत करो। मैं तो बस अपने दिल की बात कर रही हूं। मैं तुमसे प्यार करती हूं, तो करती हू बस! और मेरी ऐसी कोई शर्त नहीं कि बदले में तुम भी मुझे प्यार करो।' इतना कहने के साथ ही वह फिर हँसी।

मगर इस बार उसकी हंसी मुझे खोखली लगी। जब मैंने उसकी आंखों में झांका तो उसने गर्म काफी का मग मेरी हाथों से छुआ दिया, और खिलखिला उठी।

'तुम सचमुच पागल हो... तुम्हारा कुछ नहीं हो सकता। किसी दिन तुम्हारे पति या तुम्हारे घर वालों को पता चल गया ये सब तो, तुम्हें तो घर से निकालेंगे हीं मुझे भी कहीं का नहीं छोड़ेंगे।'

'अरे वाह! कितना मजा आएगा... मेरे पति मुझे निकाल देंगे और तुम्हारी पत्नी तुम्हें भगा देगी घर से, फिर... 'हम दोनों प्रेम की गली में एक छोटा सा घर बसाएंगे कलियां ना सही कांटों से ही सजाएंगे' उसने यह बातें इस अंदाज में चाहिए कि मैं बहुत जोर से हंस पड़ा

'चल हट पगली...' –मेरे मुंह से निकल गया।

'अब जल्दी चलो वरना तुम्हारे साथ रहा तो यही होने वाला है।' –मैंने जल्दी से कॉफी का बिल चुकाया और उसे दो मिनट बाद निकलने को बोल कर मै बाहर निकल गया।

रास्ते भर उसकी बातें मेरे मन को गुदगुदा रही थी। मुझे बेहद आश्चर्य होता था कि वह 40 की उम्र में भी इतनी बिंदास हो सकती है जबकि मै 35 की उम्र में भी 55 की उम्र वालों की तरह संजीदा रहने लगा हूं।

'वह करोड़पति की पत्नी है, और मैं मामूली सा बिजनेसमैन। मुझे हर रोज अपनी रोजी रोटी की चिंता रहती है, और वह दुनियादारी से बिल्कुल बेफिक्र...' मैंने मन ही मन सोचा।

तभी एक ठंडी हवा का झोंका गुजरा और मुझे एहसास हुआ कि मैं यहां बहुत देर से खड़ा हूं। मैंने उसकी यादों झटका और ऑफिस के कामों में व्यस्त हो गया।

इसी तरह एक हफ्ता बीत गया, मगर उसका कहीं कोई अता पता नही था।

'काश कि मुझे उसके घर का पता मालूम होता तो वहां जा कर उसका हाल चाल हीं जान लेता... कहीं ऐसा तो नहीं कि उसके पति को मेरे बारे में पता चल गया हो?' –मैं भी मैं मन ही मन बुदबुदाया।

आज मुझे इस आभासी दुनिया के रिश्ते पर कोफ्त हो रही थी। उसके सोशल मीडिया का पता तो मालूम था मगर मैंने कभी उसके घर का पता पूछने की जहमत नही उठायी।

तभी मुझे याद आया कि मेरी फेसबुक फ्रेंड लिस्ट में उसकी छोटी बहन सेजल भी है। वह अक्सर कहा करती थी कि सेजल मेरी सहेली जैसी है।

'क्यों ना मैं सेजल से पूछ लूं...!'

मैंने तुरंत सेजल की प्रोफाइल खोली और मैसेंजर पर एक औपचारिक मैसेज डाल दिया। मेरी आशा के विपरीत उसने दो मिनट के बाद ही मुझे मैसेंजर कॉल किया। मेरे कुछ पूछने से पहले ही उसने कहा कि मुझे आपसे दीदी के बारे में कुछ बातें करनी है। क्या हम कहीं शांत जगह पर मिल सकते हैं?

मैंने उसे अपने ऑफिस के बाहर एक छोटे से रेस्टोरेंट में बुला लिया। एक घंटे के बाद ही मैंने अपनी सेक्रेटरी को काम समझाया और बाहर निकल गया।

मेरे रेस्टोरेंट में पहुंचने के पाँच मिनट बाद ही सेजल आ गई। सेजल अपनी दीदी के बिल्कुल विपरीत प्रवृति की लग रही थी। आंखों पर मोटा चश्मा और चेहरे पर गहरी उदासी...

'सबसे पहले तो मैं आपको धन्यवाद देना चाहूंगी। आप वह पहले पुरुष हो जिसने मेरी दीदी की जिंदगी में ढेर सारा प्यार और खुशियां बिखेंरी' –सेजल ने साधारण शब्दों में हीं कहा था, मगर मुझे ना जाने क्यों एक व्यंग्य सा महसूस हुआ।

खुशियां तो मेरी जिंदगी में बिखेर रखी थी उसने। उसका चेहरा देखते ही मैं अपनी सारी परेशानियां भूल जाया करता था। उत्साह से लबरेज उसकी बातें और ब्लॉग्स पढ़ कर मैंने जिंदगी को सकारात्मक नजरिए से देखना शुरू किया था। मगर मैंने उससे कभी भी नहीं कहा और अफसोस कि आज भी सेजल के सामने सोच जरूर रहा था मगर बोल नहीं सका।

'तुम्हारी दीदी खुद भी बहुत अच्छी हैं' –मैंने मुस्कुराते हुए बस इतना ही कहा।

'और क्या जानते हैं आप मेरी दीदी के बारे में?' –सेजल ने मेरे चेहरे पर एकटक देखते हुए पूछा, तो मैं सकपका गया।

'ज..ज..ज्यादा कुछ नहीं, उसने ही बताया था कि वह एक बहुत बड़े बिजनेसमैन की पत्नी है और खाली समय में कविताएं लिखती हैं, बस...' –मैंने हकलाते हुए कहा।

'ऊँ... ह... ह... खाली समय...! समय ही कहा था दीदी के पास...'

'क्या मतलब?' –मैं सेजल की बातों का मतलब नहीं समझा पाया।

'अच्छा! ये सब छोड़ो, सबसे पहले तो तुम मुझे यह बताओ तुम्हारी दीदी आजकल है कहां? हफ्ता बीत गया उसने मुझे कोई संपर्क नहीं किया... भूल गई क्या मुझे...' अचानक मुझे याद आया कि मै तो मैंने से जल्दी से पूछ लिया।

'आपको पता है, मेरी दीदी की शादी को 10 साल हो गए थे।' –सेजल ने मेरे सवाल को नज़रअंदाज कहते हुए कहा।

'हां, उसने मुझे बताया तो था...'

'मगर एक साल पहले हीं दीदी ने अपने पति से तलाक ले लिया था'

'क्या...? यह तो उसने मुझे कभी नहीं बताया' मैं चौंक उठा।

'कैसे बताती... पिछले 8 महीने से आप उसे एक खूबसूरत जिंदगी जो दे रहे थे। ऐसे में वह अपनी तकलीफें बता कर आप की हमदर्दी नहीं बटोरना चाहती थी।

शादी के कई वर्षों बाद जब दीदी मां नहीं बन पा रही थी, तब जीजा जी ने उसका कई जगह इलाज करवाया तो पता चला कि, कुछ शारीरिक कमियों के कारण दीदी कभी मां नहीं बन सकती थी। फिर तो जीजा जी और उनके घर वालों ने दीदी को बांझ कह कह कर ताने देना आरंभ कर दिया। उन लोगों की दिलचस्पी अब केवल दीदी की सैलरी में रहने लगी थी। मेरे जीजाजी एक मामूली से शिक्षक थे जबकि, दीदी कालेज की प्रवक्ता। दीदी के पैसों से ही सारी गृहस्थी चलती थी, फिर भी उन लोगों ने कभी मेरी दीदी का सम्मान नहीं किया।' –सेजल की आंखों में आंसू आ गए थे।

मैं किंकर्तव्यविमूढ़ होकर सिर्फ उसकी बातें सुन रहा था। मुझे समझ नहीं आ रहा था कि मैं उससे क्या कहूं। उसने

मुझसे यह सब क्यों छुपाया?

दीदी के ससुराल वालों ने जीजा जी की शादी मुझसे करवाने के लिए दीदी पर दबाव डालने लगे, ताकि दीदी का पैसा भी उन्हें मिलता रहे और उनकी वंशबेल भी बढ़े। जब दीदी ने इसका विरोध किया तो उन लोगों ने प्रताड़ना की सीमा पार करनी शुरू कर दी। इसके बाद दीदी ने जीजा जी तथा उनके परिवार वालों पर घरेलू हिंसा का केस दायर कर दिया और तलाक के लिए अपील की।

जीजा जी ने बहुत कोशिश की दीदी के साथ समझौता करने की। धमकी देने के साथ-साथ मेरी दीदी के चरित्र पर भी उंगलियां उठाईं उन्होंने। मगर मेरी दीदी विचलित नहीं हुई। वह तलाक लेकर ही मानी। तलाक के बाद दीदी अभी संभली भी नहीं थी कि उन्हें पता चला कि वह सर्वाइकल कैंसर के लास्ट स्टेज में पहुंच चुकी है। डॉक्टर ने सिर्फ 8-10 महीने की जिंदगी बताई।' सेजल आगे ना बोल सकीऔर फफक कर रोने लगी।

'ओह माय गॉड! उसे कैंसर है? उसने मुझे बताया भी नहीं... उसे देखने से भी मुझे कभी महसूस नहीं हुआ कि वह...' मेरी आवाज भर्रा गई।

'दीदी को कभी किसी की हमदर्दी अच्छी नहीं लगती थी, तभी तो वह कीमो थेरेपी के दुष्प्रभाव से नष्ट हुए अपनी खूबसूरती को भी विग तथा मेकअप के पीछे छुपा कर रखती थी, और अपने दर्द को हंसी के मुखौटे में दबा लेती थी। अपनी 'खुशियों भरी जिंदगी' के माध्यम से लोगों को खुशियां बांटा करती थी और अपनी कविताओं में सभी औरतों की हौसला अफजाई करती थी। दीदी ने कभी किसी से कुछ लिया नहीं... उसने हमेशा देना ही जाना था।' सेजल ने अपने आंसू पोंछते हुए कहा।

'जानती थी का क्या मतलब! वह अभी कहां है? मुझे मिलना है उससे...' मैंने बच्चों की तरह मचलते हुए कहा।

'अब वह इस दुनिया में नहीं रही...' सेजल ने सपाट शब्दों में कहा।

'क्या..? तुम यह क्या कह रही हो सेजल...' मुझे समझ नहीं आ रहा था कि मैं क्या कहूं।

यह लिफाफा और यह लैपटॉप उसने मुझे आपको देने को कहा था। सेजल ने एक लेपटॉप बैग और एक लिफाफा मुझे पकड़ते हुए कहा।

'दीदी ने मुझे कहा था कि वह तुमसे जरूर संपर्क करेगा, और जब तक वह तुमसे संपर्क ना करें तुम उसे मेरे बारे में मत बताना।' –सेजल के कुछ और बोलने से पहले मैं लिफाफा फाड़ चुका था।

लिफाफे में उसका मोबाइल था और साथ में एक पत्र... जिसे उसने लाल स्याही से लिखा था।

सॉरी डियर,

अब तक तो तुम्हे मेरी जिंदगी और मौत से जुड़ी सारी बातें बता चल ही चुकी होंगी। तुम से छुपाया इसके लिए माफ कर देना। मैं तो तुम्हारा सच्चा प्यार चाहती थी, तुम्हारी हमदर्दी नहीं। मुझे अच्छी तरह पता था कि तुम मुझसे प्यार नहीं करते थे मगर मैं तो तुम्हारे हर 'अनजाने खत' पर स्वयं हीं अपना नाम लिख लिया करती थी। तुम्हारी शब्दों में खुद को महसूस किया करती थी। तुम्हारे साथ बिताया 8 महीना मेरी जिंदगी का सबसे खूबसूरत समय है। तुम्हारे ब्लॉग्स में तुम्हारी सारी प्यार भरी बातों को मैं तुम्हारे प्यार की बारिश समझ कर सराबोर हो जाया करती थी। अब तुम मत रोना क्योंकि मैं हंसते हुए यह पत्र लिख रही हूं। बिल्कुल तुम्हारी तरह... बिना किसी नाम पते के... वैसे अच्छा हीं हुआ जो तुमने मुझसे प्यार नहीं किया, वरना मुझे जिंदगी से प्यार हो जाता और मैं इतनी जल्दी आसानी से मर नहीं पाती। एक बात पूछूँ...

'जिदंगी दर्द की इतनी घनी छाँव क्यों है

अपनो के इस शहर मे परायों से इतना लगाव क्यों है' बताओ न...

हो सके तो मेरी एक आखिरी इच्छा पूरी कर देना। जब भी कभी अपनी कविताओं की पुस्तक छपवाना तो उसके साथ मेरी भी कविताएं छपवा देना। मुझे लगेगा कि मैं मर के भी तुम्हारे साथ हूं।

अपना लैपटॉप और मोबाइल तुम्हें दे रही हूं। मेरी सारी रचनाएं इसी में है। पासवर्ड मे अपना और मेरा नाम एकसाथ लिख देना।

मरने से पहले तुमसे नहीं मिल सकी और इतना सारा झूठ बोलने के लिए मुझे माफ कर देना।

तुम्हारी पगली...

और इसके साथ ही एक बड़ी सी के स्माइली उसने बना दी थी।

मैंने जब नज़रें उठाई तो सेजल जा चुकी थी। दिल ने चाहा कि मैं जोर से दहाड़े मार कर रोऊँ, और यहां मौजूद सारी चीजों को पटक कर तोड़ दूं। मगर मैं कुछ भी नहीं कर पाया क्योंकि मैं उससे प्यार जो नहीं करता था। वह मेरी प्रेमिका नहीं थी, लेकिन मेरे अंदर कुछ दरक रहा था बिना आवाज।

मैंने उसके लिखावट को और उसके पत्र को होठों से लगा लिया। ऐसा लगा मानो वह फिर से खिलखिला उठी हो। मगर मैंने झल्लाते हुए कहा –

'तुम बिल्कुल पागल हो, और आज मुझे तुम्हारी इस पागलपंती पर बहुत गुस्सा आ रहा है।'

इतना कहते हुए मैं जोर जोर से रोने लगा। बिना यह देखे कि मेरे आस-पास के लोग मुझे देख रहे हैं।

मुझे माफ कर दो

'अरे नरेन! तुम यहां, इस वक्त और तुमने अपना क्या हुलिया बना रखा है?' श्वेता दरवाजा खोलते हुए चौंक पड़ी।

नरेन श्वेता का मंगेतर था। मई में दोनों की शादी होने वाली थी। बचपन के प्रेम को जब दोनों के माता-पिता ने एक रिश्ते में बांधने का फैसला लिया तो श्वेता और नरेन की खुशी का ठिकाना न रहा। नरेन दिल्ली में एक कपड़े की मिल में मजदूरी करता था तथा वही अपने दोस्तों के साथ रहता था। होली में आया था तभी दोनों की सगाई हो गई। जाते जाते वह श्वेता से कह गया था कि अब वह अपने रहने का अलग इंतजाम कर लेगा क्योंकि श्वेता को गांव में छोड़कर जाना उसके लिए संभव नहीं। नरेन के जाने के बाद श्वेता भी अपने ख्वाबों के महल बनाने में लग गई थी। मगर अभी इस महल को संवारना बाकी ही था कि एक छोटे से अनदेखे जीव ने पूरी दुनिया पर कब्जा कर लिया, और इंसान लाशों में तब्दील होने लगा। मार्च के आखिरी सप्ताह में संपूर्ण भारत को लॉकडाउन की जंजीरों में जकड़ दिया गया। प्रशासन के द्वारा, जो जहां है वहीं कैद होकर रहने की अपील की गई। प्रशासन अपनी जगह सही था, मगर दिलों को कैद करना आसान नहीं होता।

श्वेता और नरेन जैसे ना जाने कितने ही युवा दिल अपनी धड़कनों को एक दूसरे तक पहुंचाने के लिए व्याकुल होने लगे। मगर जंजीरों की अवधि बढ़ती गई और साथ ही बढ़ता गया अधीरता का सैलाब। इस सैलाब का बांध टूटा तो जनसमूह सड़कों पर उतर आया। नंगे पैर, भूखे पेट मगर भरी हुई आंखें और भरा हुआ था उनके उम्मीद का कटोरा, जिसे लेकर वह अपनी अपनी मंजिल के लिए निकल पड़े। नरेन उनमें से एक था। दिल में श्वेता के लिए प्यार की आग ने उसकी भूख को जला डाला था। वह तो बस जल्द से जल्द श्वेता के पास पहुंचना चाहता था। वह उसकी बड़ी-बड़ी आंखों में डूब कर ही इस आग को शांत करना चाहता था।

'मैं.. मैं बहुत थक गया हूं श्वेता..' –नरेन की आवाज जैसे किसी गहरे कुएं से आ रही थी।

श्वेता चाहती तो थी कि नरेन को वह आगे बढ़कर अपनी बाहों में समेट ले और उसके सारे दर्द को पी जाए, मगर

दो महीने से रात दिन नसीहतों के तराने सुनते सुनते उसके दिल के तारों ने अब बजना बंद कर दिया था। अब तो उन तारों के ऊपर स्वच्छता, सैनिटाइजर, मास्क, सामाजिक दूरी, आइसोलेशन, क्वारंटीन जैसे भारी भरकम शब्दों की परत चढ़ गई थी। वह दौड़कर साबुन और पानी लेकर आई।

'जल्दी से हाथ पैर धो लो।'

'रहने दो श्वेता, अब इन सब की जरूरत नहीं।' –नरेन ने रहस्यमयी तरीके से मुस्कुराते हुए कहा। श्वेता ने देखा कि उसकी और नरेन के बीच दो गज की दूरी है, और नरेन ने मास्क भी लगा रखा है तो वह आश्वस्त हो गई।

'मगर तुम यहां आए कैसे? बाहर से आने वालों को तो सरकार क्वारंटीन सेंटर में रख रही है। और फिर भला तुम्हें आने की क्या जरूरत थी। हमारी शादी की तारीख तो वैसे भी आगे बढ़ हीं गई थी। तुम्हें वहीं रुकना चाहिए था जब लॉकडाउन खुलता तब आते आराम से।' श्वेता ने एक कुशल नागरिक की तरह रटा-रटाया शब्द बोला।

'मैं अभी चला जाऊंगा श्वेता। मैं तो बस तुम्हारे लिए शादी का जोड़ा लेकर आया था। यह देखो, तुम्हें गुलाबी रंग पसंद है ना!' नरेन ने पीठ पर रखे अपने छोटे से बैग से एक सुंदर सा गुलाबी रंग का लहंगा निकालते हुए कहा।

'और यह देखो, मैचिंग की चूड़ियां भी है दरवाजे के पास रोशनी कम थी मगर लहंगे और चूड़ियों की जगमगाहट ने वहां एक प्रकाश फैला दिया जिसमें नरेन का पीला पड़ा चेहरा भी चमक उठा।

'एक बार इसे पहनकर दिखला दो श्वेता' नरेन का आग्रह नहीं गिड़गिड़ाता हुआ आहत स्वर था।

'चाहती तो श्वेता भी यही थी, मगर बाहर से आए हुए किसी भी चीज को छूने संबंधी जो गाइडलाइन वह निरंतर सुन रही थी, उस आवाज ने उसके बदन को सून्न कर दिया और उसने अपने दोनों हाथों को आपस में जकड़ लिया य बिल्कुल लॉकडाउन की तरह।

'तुम यह सब यहीं रहने दो, मैं बाद में पहन लूंगी' –नरेन सब कुछ ऐसे ही छोड़ कर उठ खड़ा हुआ।

'तुमने खाना तो खाया है ना?' –श्वेता ने औपचारिकता वश पूछा।

'हां, कुछ रोटियां है मेरे पास... अभी खा लूंगा।' नरेन

ने जवाब दिया।

'मैं जा रहा हूं, फिर मिलोगी ना'

' हां नरेन हम जरूर मिलेंगे, तुम अभी थाने पर जाकर अपने आने की सूचना दे दो।' –श्वेता ने कहा तो नरेन मुस्कुरा उठा।

'श्वेता तो चाहती थी कि वह स्वयं ही हेल्पलाइन नंबर पर फोन कर दे, मगर वह बिलावजह अपने पूरे परिवार को क्वारीटाइन में नहीं डालना चाहती थी।

नरेन धीरे-धीरे भोर के अंधेरे में कहीं गुम हो गया। 5:30 बज रहा था, मगर श्वेता की आंखें नींद से बोझिल हो रही थी। उसने दरवाजे पर रखे नरेन के बैग की ओर देखा और दरवाजा बंद कर दिया।

'अभी नहीं उठा सकती इसे, कम से कम 24 घंटे से यही रहने दे रही हूं, फिर सैनिटाइज करके ही अंदर ले जाऊंगी' –बुदबुदाते हुए श्वेता फिर नींद के आगोश में चली गई।

अचानक किसी के रोने की आवाज सुनकर श्वेता की आंख खुल गई। खिड़की से बाहर देखा तो सूरज सर पर चढ़ आया था। उसका सिर भारी लग रहा था। कल रात की बात और नरेन का चेहरा उसकी आंखों के सामने घूमने लगा और जैसे ही उसे नरेन के उस बैग की याद आई वह दरवाजे की तरफ दौड़ पड़ी।

'कहीं किसी ने उसे उठाकर अंदर ना रख लिया हो२' –वह घबराते हुए अपने कमरे से बाहर निकल ही थी कि उसे सामने में नरेन के माता-पिता दिख गए, जो श्वेता के माता-पिता के साथ आंगन में बैठे थे।

'बिटिया...' –इतना कहकर श्वेता की मां फफक कर रो पड़ी।

'क्या हुआ मां आप रो क्यों रही हैं'

'बिटिया, तेरी गृहस्थी बसने से पहले ही उजड़ गई... नरेन अब इस दुनिया में नहीं रहा' मां ने रोते-रोते श्वेता को सीने से लगा लिया।

'क्या बोले जा रही हो आप, कुछ भी... अभी कल रात वह मुझसे मिलने आया था। अरे रात क्या... सुबह सुबह लगभग 5:00 बजे मेरे लिए गुलाबी रंग का लहंगे का जोड़ा और गुलाबी चूड़ियां भी लाया था वह... अभी रुको मैं दिखाती हूं... दरवाजे पर ही उसका बैग रखा हुआ है।'

श्वेता ने दौड़कर आंगन पार किया और मुख्य दरवाजा खोला, मगर दरवाजे पर कुछ भी नहीं था।

'मां...मां... यहां नरेन का बैग रखा था। किसी ने अंदर तो नहीं किया। श्वेता के माथे पर पसीने की बूंदे आ गई।

'वहां कोई बैग नहीं था बिटिया! तुमने जरूर कोई सपना देखा है। नरेन अपने साथियों के साथ पैदल ही रेल की पटरी पर चलते हुए गांव आ रहा था। सुबह के 5:00 बजे वह सब सुस्ताने के लिए वही पटरियों पर बैठ गए। रात भर चलते-चलते थकान से आंखें बोझिल हो गई थी और वह सब वही सो गए। यही नींद उनकी चिर निद्रा बन गई। तेज गति से आती एक मालगाड़ी ने सब को मांस के लोथड़ों में तब्दील कर दिया। हमारा नरेन भी उस में से एक था।'

'नहीं मां, नहीं.. ऐसा नहीं हो सकता...' श्वेता वहीं जमीन पर बैठकर रोने लगी।

'हां बिटिया यही सच है। उसके एक दो साथी जो दिशा मैदान के लिए इधर-उधर गए हुए थे, उन्होंने अपनी आंखों से यह भयानक मंजर देखा है और उन्होंने ही हमें फोन करके नरेन के बारे में बताया।' नरेन की माँ ने रोते हुए कहा।

'दीदी... दीदी... अंदर आकर देखो, टीवी में ट्रेन से कटकर मरने वालों के बारे में खबर दिखाई जा रहे हैं।' श्वेता का सबसे छोटा भाई चिल्लाते हुए आंगन में आया।

इतना सुनते ही श्वेता दौड़कर कमरे में गई... न्यूज चैनल वाले उस जगह को दिखा रहे थे जहां हादसा हुआ था... तभी श्वेता को कुछ ऐसा दिखा कि उसकी आत्मा तक कराह उठी। रेल की पटरियों पर मानव देह के टुकड़ों के साथ रोटियां भी बिखरी पड़ी थी, मानो वह भी अपने हाल पर रो रही थी और कह रही थी कि तुम मुझे ही पाने के लिए इतनी दूर आए हो और अब मुझे ही अकेला छोड़ दिया। सूखी रोटियों के बगल में एक बैग भी था जिसमें से गुलाबी रंग का कुछ चमक रहा था और वही बिखड़ी हुई थी गुलाबी चूड़ियां। चित्कार उठी श्वेता–

'नरेन, मैंने तुम्हें खाने के लिए भी नहीं पूछा और तुम मर कर भी मेरे पास आए थे। मैं तुम्हें लहंगा पहन कर दिखा भी ना सकी और ना हीं तुम्हें छू सकी। मुझे माफ कर दो नरेन... मुझे माफ कर दो...।' –श्वेता की यह चित्कार अब वातावरण को डरावना बनाने के लिए काफी था।

www.ingramcontent.com/pod-product-compliance
Lightning Source LLC
Chambersburg PA
CBHW070314160726
47999CB00003B/1018